恐惧

Fear

茨威格小说精选

[奥]
斯蒂芬·茨威格 著　韩耀成 沈锡良 译

陕西师范大学出版总社

图书代号：SK12N0115

图书在版编目（CIP）数据

恐惧 /（奥）茨威格（Zweig, S.）著；韩耀成，沈锡良译．—西安：陕西师范大学出版总社有限公司，2013.3（2017.1重印）
　ISBN 978-7-5613-6018-7

　Ⅰ.①恐… Ⅱ.①茨… ②韩… ③沈… Ⅲ.①中篇小说—小说集—奥地利—现代 ②短篇小说—小说集—奥地利—现代 Ⅳ.①I521.45

中国版本图书馆CIP数据核字（2012）第047332号

恐　惧
KONG JU

[奥] 斯蒂芬·茨威格 著　韩耀成　沈锡良 译

责任编辑	焦　凌
特约编辑	陈希颖
责任校对	彭　燕
装帧设计	瀚　愔
出版发行	陕西师范大学出版总社
	（西安市长安南路199号 邮编710062）
网　　址	http://www.snupg.com
经　　销	新华书店
印　　刷	山东临沂新华印刷物流集团有限责任公司
开　　本	880mm×1240mm 1/32
印　　张	7
插　　页	4
字　　数	140千
版　　次	2013年3月第1版
印　　次	2017年1月第3次印刷
书　　号	ISBN 978-7-5613-6018-7
定　　价	25.00元

读者购书、书店添货或发现印装有问题，请与营销部联系、调换。
电　话：(029) 85307864　85303629　传　真：(029) 85303879

译 者 序

斯蒂芬·茨威格（1881—1942）曾说："作为一个奥地利人、犹太人、作家、人道主义者、和平主义者，恰好站在地震带上。"而这个"地震最剧烈的地方"就是德国和奥地利。作家生活在19世纪末期至第二次世界大战期间，一生经历了两次世界大战。这个命途多舛的时代、动荡不安的世界，给他的生活打上了深深的烙印。他亲历了革命、饥馑、通货膨胀、货币贬值、时疫疾病和政治流亡……

1942年2月22日，茨威格与夫人洛蒂在巴西里约热内卢近郊彼德罗保利斯的寓所，以极其理智和平静的方式，有尊严地结束了宝贵的生命，以此来对灭绝人性的法西斯表示抗议。

茨威格是一位心理现实主义大师。尼采哲学和弗洛伊德精神分析学对他的创作有很大影响，他的小说几乎都是心理小说。

人的心理是一个值得开垦的广阔领域。丹麦批评家勃兰兑斯说："人心并不是平静的池塘，并不是牧歌式的林间湖泊。它是一片海洋，里面藏有海底植物和可怕的居民。"茨威格就是这片心灵海洋的不知疲倦的勇敢探险者。他认为："内心的无限，灵魂的宇宙还为艺术打开了取之不尽的领域。对灵魂的发现，对自我的认识，将成为我们——变得智慧的人类——将来越来越大胆地破解又无法最终解开的课题。"茨威格对心理问题有着特殊的偏爱，谜一样的心理活动对他具有难以抑制的诱惑。他一生孜孜不倦地探索人类心理活动的奥秘，热衷于对人物进行心理分析。其中弗洛伊德学说对他的影响是一个重要因素。弗洛伊德是茨威格最亲密的朋友之一。茨威格十分推崇弗洛伊德的潜意识理论，认为它向人们指出了进入人的灵魂、探索人的深层心理之路。

这次上海雅众策划，陕西师范大学出版总社出版了两本茨威格小说集：《恐惧》和《象棋的故事》①。这两本茨威格小说集不仅充分凸显了雅众"以女性文学兼具人文关怀的作品为主"的出版方向，而且涵盖了茨威格作品的基本主题和特色。《恐惧》所收的三篇都是描写激情和情欲的女性小说；《象棋的故事》所收的八篇主题多元：描写青少年青春期心理、表现激情与情欲、歌颂坚贞爱情、针砭时弊与揭露纳粹罪行。雅众独到的见解和眼光令人刮目相看，套用时下流行的"锐说"、"锐评"之谓，雅众的这种锐意进取的编辑风格，我们完全可以称

---

① 该作品名德文原意为《国际象棋的故事》，考虑到《象棋的故事》这一译名流传已广，国内读者也已经耳熟能详，故本书采用后者。

之为"锐编"。

茨威格的小说最引人注目的主题,一是对激情的揭示和对女性心理的出色描绘,二是对青少年青春期心理的关注。

茨威格的小说绝大多数都写到激情的遭遇,这种激情带有深深的精神分析的印记。在他的笔下,激情就是潜意识中的原始欲望,也就是本能冲动,是潜意识中释放出来的"力必多"。茨威格喜欢深入到人物的内心世界,烛幽洞微,去发掘人物内心最隐秘的角落。小说中的主人公往往受到激情、情欲的煎熬和驱使,一辈子都在啜饮潜意识中激情、情欲所酿成的苦酒,有的还导致悲剧性的后果。茨威格的心理分析小说像是精确的心电图,记录着主人公心灵颤动的曲线。小说的主人公大多是一些抵抗不住命运摆布的人物,作家从不同的角度表现了本能冲动对主人公行为方式的支配作用,以及对其命运的决定性影响。

茨威格是位善于洞察和表现女性内心活动的作家,在塑造女性形象,揭示女性心理方面堪称独步。《恐惧》所收的三篇都是激情、情欲小说。《一个陌生女人的来信》和《一个女人一生中的二十四小时》是茨威格两篇最为著名的脍炙人口之作,最典型地呈现出了作家的创作风格和艺术特色,弗洛伊德的影响也最为明显。在《一个陌生女人的来信》中,那位陌生女子身上所焕发出的激情,就是本我或潜意识中原始的、与生俱来的本能欲望和冲动。女主人公的信写得缠绵悱恻,情意缱绻,如诉如怨,袒露了一个女子最隐秘的心理活动。这篇巧妙地安排在两性关系上的小说,把爱情写得如此纯洁和崇高,不但彰显出茨威格高超的写作技巧,也反映出作家纯清的思想境界和高尚的情操,难怪我国作家刘白羽读后禁不住惊呼:"真是一部惊人的杰作!"高尔基在谈到这篇小说时动情地说,作品"以其惊人的诚挚语调,对女人超人的温存、主题的独创性,以及只有真正的艺术家才具有的奇异表现力,使我深为震动……由于对女主人公的同情,由于她的形象以及她悲痛的心曲使我激动得难以自制,我竟毫不感到羞耻地哭了起来。"《一个女人一生中的二十四小时》中,女主人公C夫人在情欲的驱使下,对赌徒的一时委身转变为真诚的爱,她愿意抛弃一切,追随所爱的人走向天涯海角。谁知她的无私奉献换来的却是赌徒的辱骂。这二十四小时的经历像梦魇一样压在她的心头,使她的后半生一直背负着沉重的精神十字架。小说对潜意识心理的描写令人叹为观止。高尔基认为《一个女人一生中的二十四小时》比茨威格的其他中短篇"更见匠心",并称茨威格是"以罕见的温存和同情来描写妇女"。

值得一提的是,这篇小说的主要特点除了心理描写外,还有不同凡响的细部特写,尤其是对赌徒的手部下意识动作的描写,更是精彩绝伦。茨威格将这位年轻赌徒的全部激情都聚焦在他的这双手上,刻画得惟妙惟肖,卓荦观群,成了世界文学史上最精彩的亮点之一。故事的主角,一位满头银发、娴静高雅的六十七岁英国贵妇,二十年前在蒙特卡洛的赌场被赌徒的这双手所迷住,演绎出二十四小时之内跌宕起伏、扣人心弦、荡气回肠的故事。弗洛伊德在《陀思妥耶夫斯基和弑父》的文章中,论述了茨威格对赌徒这双手的描写,并从精神分析的角度作出阐释，认为小说中赌瘾是手淫的替代物，C夫人等同于母亲。年轻赌徒幻想：倘若母亲得知手淫会带给他很大危害，她一定会让我在她身上获得种种温存，以救我于危境之中的。而母亲则将爱情无意识地转移到儿子身上，在这个未设防的地方，命运将她攫住了。尽管我们可以不认同弗洛伊德的分析，但他的这篇文章无疑为茨威格这篇小说之闻名于世给力不小。

《恐惧》也是激情和情欲小说，以引人入胜的心理描写著称。女主人公伊蕾娜红杏出墙，遭人跟踪和敲诈，过了一段提心吊胆的日子，精神濒于崩溃，最后丈夫原谅了她，对她更加温柔体贴。《朦胧夜》《月光巷》和《里昂的婚礼》也是同一主题。茨威格写激情、情欲的女性小说还有很多，难怪很多评论家惊叹，茨威格"对女性心理的分析，已经近乎走火入魔"。但是茨威格写激情冲动的不仅在女性小说，在一些以男性为主人公的作品中，同样也有瞬间爆发的激情遭遇，《森林上空的那颗星》中，那位饭店跑堂的卧轨殉情就是一例。《象棋的故事》中的B博士在下棋过程中下意识哆嗦的双手和忘我的神情就是身上激情瞬间被激发出来的表现。由此可见，这些作品中的人物大都是耽于某种思想的偏执狂。茨威格坦言："我平生对患有各种偏执狂的人，一个心眼儿到底的人最有兴趣，因为一个人知识面越是有限，他离无限就越近；正是那些表面上看来对世界不闻不问的人，在用他们的特殊材料像蚂蚁一样建造一个奇特的、独一无二的微缩世界。"(《象棋的故事》)

关注少男少女青春前期和青春期的心理，是茨威格小说的另一个重要主题。青春期是人生旅程中的一个重要驿站。情窦初开的少男少女，他们的心理最为敏感，对成人世界，尤其是对两性关系怀着恐惧、羞涩与好奇。在作家眼里，儿童、少年朦胧的性意识觉醒似乎是他们必行的"成人礼"，有了"初次经历"和对"灼人的秘密"的追踪和探索，青少年们打开了感情世界的大门。《朦胧夜》《家庭女教师》和《夏天的故事》等描写的都是少男少女青春萌发期的内心情感和心理、生理的变化。在世界文学史上，像茨威格这样对青少年青春期的心理给予那么大关注的作家还不多见。茨威格这一题材的小说大多写于上世纪20年代以前，这恐怕与当时奥地利的社会环境不无关系。从心理学的角度来说，处在青春期的青少年，他们内心骚动不安，会对两性问题感到神秘好奇完全是正常现象。社会和学校应该通过性启蒙教育给予他们正确的引导。可是，19世纪末20世纪初的奥地利，人们都小心翼翼地回避性的问题，认为它是造成不安定的因素，有悖于当时的伦理道德。青年男女很少有无拘无束的真诚关系，他们的正常交往也受到社会道德规范的种种限制。在这种情况下，茨威格对青春期青少年心理所作的细致入微的研究和真实生动的描绘，不啻是对当时资产阶级的虚伪道德和奥地利学校教育的有力批判，是对家庭、学校和社会忽视青少年青春期教育的严肃控诉。

　　由于茨威格的作品表现的大多是激情、情欲及其后果，往往给人以游离于时代、社会之外的印象，但是他也创作了一批直面现实、针砭时弊、反战、揭露和批判纳粹罪行的作品，而且写得极其深刻，精彩感人，如《象棋的故事》《看不见的收藏》《日内瓦河畔的插曲》《巧识新艺》《书商门德尔》和《桎桔》等。

《看不见的收藏》是一篇针砭时弊的小说，真实地反映了第一次世界大战后德国食品匮乏、饥馑严重、通货膨胀、货币贬值的社会情况。酷爱艺术的老林务官倾其所有，逐年收藏了一批艺术珍品。后来，他的眼睛瞎了，在战后饥荒年代，为了活命，他的家人只得瞒着老人出卖这些价值连城的藏品。虽然每件珍品能卖得一笔巨款，但在货币贬值的年代，卖得的巨款转瞬就变成了一堆废纸。这些描写是当时德国社会情况的真实写照。对于人民的苦难，茨威格充满了同情和爱心，这篇小说感人至深，催人泪下。

《象棋的故事》完成于1942年初，作家自杀前不久。小说抨击纳粹对人们残酷的精神迫害。茨威格，这位视精神劳动为世上最珍贵财富的诗人，在他生命的最后时刻仍然笔耕不辍，完成了这部晚年杰作《象棋的故事》以及自传《昨日的世界》和其他作品。《象棋的故事》中心理描写极其深刻，情节跌宕起伏，具有强烈的震撼力，拿起它，就想一口气读完。为了创作这篇小说，茨威格专门买了一本国际象棋棋谱来研习，并和夫人一起按棋谱上的名局摆棋。他认真严肃的创作态度由此可见一斑。

与19世纪司汤达、巴尔扎克、福楼拜和托尔斯泰等批判现实主义大师不同，茨威格对自己笔下的人物不是无情揭露，残酷解剖，而是怀着巨大的同情、温馨的包容与爱心，叙说人物的遭遇和不幸。对律师的妻子伊蕾娜和年轻的钢琴家发生的婚外情，非但没有"围观"，还给予了温馨的谅解（《恐惧》）；

那位满头银发的 C 夫人当年委身于赌徒，还遭到辱骂的痛苦经历，丝毫没有加以耻笑和鄙视，还赋予她的行为以高尚的动机，对她的所作所为给予了真诚的理解和同情（《一个女人一生中的二十四小时》）；饭店跑堂对伯爵夫人一见钟情，竟以殉情来了却自己无法实现的心愿，作家并没有嘲笑他"癞蛤蟆想吃天鹅肉"，而是对他表示同情和惋惜（《森林上空的那颗星》）；《一个陌生女人的来信》中作家把无私奉献的爱、坚韧不拔的品性、不卑不亢的自尊等这些人类的美德都赋予了这位陌生女子，以此来与"上等人"的生活空虚和道德败坏相对照……这样的例子在茨威格的作品中俯拾皆是。茨威格始终坚持人道主义理想，对人，特别是对"小人物"、弱者、妇女，以及心灵上备受痛苦煎熬的人给予同情和爱心，对主人公的遭遇和不幸，对他们人性的缺憾与弱点给予真诚的谅解和宽容。

茨威格的作品，语言富于音乐性和韵律美，结构精巧，故事引人入胜，情节发展往往出乎人们的意想，心理描写和分析极为细致，景物描绘十分出色，擅长"戏中戏"的技巧，读后能给我们留下隽永的回味。这一切使他成为世上最受欢迎的作家之一。他的这些艺术特色也很符合中国读者的审美习惯，所以在我国，"茨威格热"一直经久不衰。

韩耀成

2012 年 8 月于北京

Stefan Zweig

目 录

恐惧
1

一个陌生女人的来信
81

一个女人一生中的二十四小时
133

恐惧

伊蕾娜从情人家里出来，向楼下走去，莫名的恐惧又一次猛然攫住了她的心。眼前像是有一只黑色陀螺忽地旋转着发出嗡嗡声，两个膝盖冻得硬邦邦的，她急忙抓牢楼梯扶手，才没有猝然倒地。壮着胆子进行这种高风险的幽会已经不是头一回了，对她而言，这种骤然而至的寒战绝不陌生，尽管每次回家时心里都在万般抵抗，但每次这种荒唐可笑的恐惧毫无缘由地发作时，她都会败下阵来。去幽会的路上，无疑要轻松愉快得多。那时，她让出租车停在街道拐角处，自己匆匆向前走去，头都不抬一下，没走几步就到了大楼门口，然后疾步跨上楼梯，她知道他早已在急速打开的门后面等着自己了，于是第一次恐惧——一种急不可耐的恐惧，就在见面问候时的热情拥抱中烟消云散了。可后来，等到她想回家时，那异乎寻常的神秘的恐惧感禁不住涌上心头，让人直打哆嗦，此刻这种深感愧疚的惊恐和那种丧失理智的幻觉迷迷糊糊地交织在一起，好像走在大街上的每一个陌生目光都能从她的神态中觉察出她从哪儿来，然后对她的不知所措肆无忌惮地微微一笑。在他身边最后那一刻，她就已经被早有预感的愈发强烈的紧张不安占据了。准备离开的时候，她的双手因为心急慌忙而颤抖不止，一边心不在焉地听着他的话，一边急切地阻止他将姗姗来迟的激情爆发出来。离开，她希望自己心中的一切也同样永远离开，离开他的家，离开他住的那幢楼，从冒险的艳遇中回到宁静的市民世界。她简直不敢朝镜子里瞅自己，因为害怕在自己的目光中看到那种猜疑，可她觉得还是有必要检查一下，是否由于自己的不知所措，衣服上面会留下任何激情销魂时刻的蛛丝马迹。最后，尽管他又在喋喋不休地重复那些话语，却终究难以宽慰她的心，她紧张得几乎没有听见他说话，而是躲在门后屏息静听是否有人上下楼。而到了外面，恐惧早已急不可待地抓住她不放，不由分说地阻止她的心跳，于是才走下不多几级楼梯，她就已经上气不接下气了，甚至感觉自己好不容易聚集起来的力量已经消耗殆尽。

她闭着眼睛站了一会儿，尽情呼吸着楼梯间那暮色初临时的凉爽气息。这时，楼上一户人家的房门"砰"地关上了，她吓了一跳，赶紧振作精神，急忙走下楼去，一边双手不由自主地把厚厚的面纱遮得更严实了。现在是可怕的最后时刻了，她害怕从陌生的楼门走向大街，害怕有一个熟人恰好路过此地，劈头盖脸地问她从哪儿来，害怕自己会因此陷入迷惘和危险的谎言中，于是便像一名助跑时的跳远选手那样，低着头，突然下定决心朝半开的大门飞奔过去。

就在这时，她刚好迎面撞上了一个显然想进门的女人。"对不起！"她尴尬地说道，想从她旁边迅疾走过。可那个人死死将大门挡住，怒不可遏地盯着她，脸上带着一种肆无忌惮的讥讽神情。"我终于逮住你了！"她毫不在意地嚷道，嗓门尖利，"当然，你是一个体面规矩的女人，一个所谓体面规矩的女人！有丈夫，有钱，什么都有，可还嫌不够，还要和一个可怜的姑娘抢夺情人……"

"天哪……你想干什么……你搞错了……"伊蕾娜支支吾吾地说道，笨手笨脚地试图从她身旁溜走，可那个女人硕大的身躯挡在门口，用刺耳的声音恶狠狠地回应道："不，我并没有搞错……我认识你……你从爱德华那里出来，他是我的男朋友……今天总算逮住你了，现在我才知道，为什么最近一段时间他很少陪我……原来是因为你……因为你这个下流的……"

"天哪，"伊蕾娜压低声音打断她的话，"你别那么叫嚷好不好？"伊蕾娜身不由己地退回到楼道里，女人讥讽地注视着她。不知怎么的，她这种浑身发颤的恐惧，这种显而易见的无助，似乎让女人感到心情愉快，那女人审视着眼前这个牺牲者，脸上带着自信又自满的嘲弄微笑，猥琐的悠然自得使她的声音变得慢条斯理，听上去甚至显得啰唆。

"看来，你们和男人们偷情的时候原来就是如此，你们这些已婚女士，这些高贵端庄的女士。蒙着面纱，当然会蒙着面纱，以后还可以到处装作高雅的贵妇人……"

"你……你究竟想从我这里得到什么？……我根本就不认识你……我必须走了……"

"走？……那是当然……回到丈夫那里去……回到温暖的房间里，继续扮演高雅女人，叫仆人给换下衣裳……可是，我们这些人在干什么？我们是不是饿死，你们这些贵妇人会觉得与自己不相干吧……你们就是这样把一个人最后一点儿东西偷走的，这些体面规矩的女人……"

伊蕾娜提起精神，听从一种模糊的灵感，将手伸进钱包，掏出纸币抓在自己的手心里。"这个……这个给你……不过你现在就让我走……我再也不会过来……我向你发誓……"

那个女人恶狠狠地瞥了她一眼，把钱拿走。"骚女人。"她喃喃说道。伊蕾娜不由得吓了一跳，但看到女人给自己让道，便飞快地冲出门去，那"呼"的一声风响，就像是一个跳楼自杀者的坠地声。她向前奔跑，路人那一张张面孔像是变形的鬼脸从她眼前一晃而过，她双眼模糊，吃力地向前挣扎，终于来到了一辆停在拐角处的出租车旁。她就像扔一件重物似的，将自己扔到坐垫上，随后她心里的一切就凝固不动了。倒是司机吃惊不小，实在沉不住气了，于是问这位古怪的乘客究竟想到哪儿去，她这才呆呆地望了他一会儿，昏昏沉沉的脑子终于听懂了他的话。"到南站。"她仓促间脱口而出，突然想到或许那个女人还会跟踪她，便又说道："快，快，赶紧开车吧！"

她到了路上才感觉到，和这个女人狭路相逢，自己的内心

6

受到了多大刺痛。她碰了下自己的双手，它们仿佛麻木得失去了感觉，僵硬而冰冷地耷拉在身上，她突然开始哆嗦起来，整个身体都颤抖不已。喉咙里有种苦涩的味道在翻滚，她感到恶心，一种隐约的莫名怒火宛若痉挛一般，将她胸腔里的东西一股脑儿掏了出来。她真想大吼大叫，或者抡起拳头大打出手，好让自己从恐怖的回忆中解脱出来。这种回忆像是鱼钩一样扎在她的脑海里挥之不去：那张猥琐的脸上带着嘲弄的笑声；那种卑劣的气味从无产者难闻的呼吸中发出来；那张丑陋的嘴巴咬牙切齿地将污浊不堪的脏话泼到她的脸上；那女人甚至还放肆地伸出拳头威胁她。恶心的感觉愈强烈，她的喉咙就难受得愈厉害。飞速行驶的汽车在不停地颠簸，她本想示意司机开得慢些，可忽然想起自己身上或许没有足够多的钱支付车费，因为身上所有的钞票差不多全都给了那个勒索的女人。她急忙示意司机停车，冷不丁从车上跳下，又一次让司机大吃了一惊。还算巧，身上余下的钱够车费了。可这时她发现自己流落到了一个陌生的街区，置身于熙熙攘攘的人群中，听到的任何一句话，看到的任何一个目光，都令她的肉体痛苦不堪。她的膝盖被恐惧吓软了，只能勉强拖着脚步向前走，可她必须回家。凭借非凡的毅力，使出全身的力气，她穿街走巷，仿佛是在泥泞的道路上或是没膝的雪地里穿行。终于走到了自己家门口，她奔上楼梯，起先心里慌里慌张的，但为了避免因自己的焦躁不安而引起他人注意，她马上又克制住自己的情绪。

女仆帮她脱下大衣，隔壁房间传来小男孩和妹妹玩耍的嬉闹声，她用平静下来的目光环视四周，所及之处都是自己的东西，全都是受到法律保护的家产，她的脸上这才重新恢复了镇定自若的神态，起伏的心潮悄然无声地从依然紧张而痛苦的胸间穿越过去了。她取下面纱，故作镇定地调整脸上的表情，摆出一副若无其事的样子走进餐厅，丈夫已经坐在摆好晚餐餐具的桌旁看报了。

"晚了，晚了，亲爱的伊蕾娜。"他招呼道，责备中带着温柔。他站起身子，吻了吻她的脸颊，这使她油然生出一种难堪的羞耻感。他们一起坐到桌旁，丈夫几乎没有从报纸上移开视线，只是漫不经心地问道："那么长时间你去哪儿了？"

"我是……在……阿梅丽那里……她那里需要办点事……所以我就过去了。"她又补充了一句什么，但对自己的慌不择言和不会撒谎感到愤怒。以往她总是事先准备好一套考虑周全，经得起任何检验的谎话，可今天因为过于恐惧，她忘记了这一点，只好笨拙地胡编乱造了。她忽然想到，假如丈夫像他们最近在剧院里看的那出戏里的主人公一样，亲自打电话去询问，那该怎么办呢？

"你究竟怎么啦？……我觉得你看起来有点神经过敏……为什么不把帽子摘下来？"丈夫问道。她被问得狼狈不堪，感到自己又一次被当场逮住了，吓得匆匆站起来，走进自己的房间摘下帽子，随后从镜子里长久地注视着自己烦躁不安的眼睛，直至觉得自己的眼神重新变得平和镇定，才再次回到餐厅。

女佣端着饭菜过来了。这个夜晚和所有其他夜晚一样，或许比平时更加少言寡语，却多了一份拘束，这个夜晚的对话贫乏、疲惫，常常是磕磕绊绊的。她的思绪不断地飘飞到老路上去，每当回想起和那个敲诈勒索的女人相见的可怕时刻，她的思绪就吓成了一团乱麻。她总是在抬起目光时，才感觉自己有安全感。她开始深情地逐一凝望富有生命气息的物品，每件物品都是为了回忆和纪念才摆放在房间里的，她的内心又恢复了往日的轻松和镇静。挂钟从容不迫地迈着钢铁般坚强的步伐打破沉默，也不知不觉地使她的心脏重新恢复了安然无忧的均匀节奏。

第二天早上，丈夫去事务所上班了，孩子们到外面散步去了，她终于有了一个人独处的时光。在上午明媚的阳光之下，经过仔细回想，她对昨天可怕的一幕的恐惧感已经大为减弱。首先，自己的面纱很厚，那个人不可能看清，也不可能重新认出她的脸部特征。她此刻在平心静气地考虑采取所有的预防措施。无论如何，不可能再到情人家里去了，这样也许才能防止发生昨天那种突然袭击。尽管和那个女人再次相遇的危险依然存在，但这种概率还是微乎其微的，因为自己当时溜进了汽车，她不可能一直跟踪自己。那个女人并不清楚她姓甚名谁，不清楚她家在何方，另外，也不用担心那人会根据模糊不清的脸部特征，就可以很有把握地重新认出自己来。就算遇到最为极端的情况，伊蕾娜也已经做好了思想准备。没有了极端恐惧之后，她决定自己务必保持镇静，什么都不承认，冷静地坚称这完全是一场误会，因为除了向她敲诈的那个女人当场指责过她之外，谁都难以提供那次幽会的任何证据。伊蕾娜的丈夫毕竟是京城最著名的辩护律师之一，她从丈夫和其律师同行的谈话中知道得很清楚，被迫害者一方的任何犹豫不决，任何骚动不安都会提升对手的优势，他们的敲诈勒索只可能变本加厉，不但行动迅捷，而且残忍至极。

她采取的第一个对策就是赶紧给情人写信，告诉他明天无法按照约定的时间去约会了，以后几天也不行。在通读一遍的时候，她觉得这张她第一次用伪装的笔迹写成的便条有一种冷冰冰的感觉，她本想将不亲切的语句换成亲密一些的话，可是想起了昨天那次不愉快的会面，突然间怒火中烧，字里行间也就不自觉地变得冷若冰霜起来。她无奈地发现，自己在情人的宠爱下变成了一个下贱，有失身份的前女友，这使她的骄傲受到了伤害，她满怀敌意地审视着那些话，为自己这种冷冰冰的报复方式感到由衷的高兴，因为这不啻在告诉对方，是不是去约会，在某种程度上取决于她的心情好坏。

这位小伙子是个著名钢琴家，伊蕾娜是在一次晚会上和他偶然相识的。当然，这种聚会仅限于很小的范围，可连她本人都没好好想过，甚至也没弄明白怎么回事，就很快成了他的情人。实际上，以她的天性而言，她没有对他产生过任何激情，而从他的身体来说，他也没有对她产生过任何感官或精神方面的兴趣。她委身于他，并不是需要他或是对他产生了强烈的渴望，而是由于懒得对他进行反抗的惰性，或是出于一种不安定的好奇心。在她的心里，没有任何理由使她需要一个情人，她既没有那种由于婚姻幸福而心满意足的天性，也没有女人们通常那种失去精神寄托的心情。她可称得上是一个幸福的女人，丈夫是一个有钱人，比她更有才智，家里有两个孩子，虽然无聊乏味的气氛总是有的，但她舒适安逸和风平浪静的日子过得懒散而满足。这种气氛如同闷热或者狂风一样感性，这是一种冷热适中的幸福，它要比不幸更容易使人受到诱惑，而且对许多女人而言，她们的无欲无求和由于绝望而欲望长期得不到满足一样危险。饱汉不见得比饿汉强，舒适安逸的生活使她对风流韵事产生了好奇。她在生活中没有任何地方遇到过阻力。她处处遇到的都是温情脉脉的一面，展示在她面前的都是无微不至的关怀，柔情蜜意的爱情和家人对她的尊重，她没有料到这种适度的生活是永远无法用外物去衡量的，因为外物反映的始终仅仅是没有内在联系的东西，从某个角度看，她觉得这种舒适惬意欺骗了她的真正生活。

　　她在少女时代曾经朦朦胧胧地梦想过伟大的爱情和销魂的情感，但被新婚头几年愉快而宁静的生活和初为人母的游戏般诱惑所麻痹，她的梦想如今在她快要步入三十岁的时候又开始苏醒了。像任何一个女人一样，她给自己的内心注入了一种巨大激情的能力，却并没有给亲自的体验赋予意志与勇气，这种勇气就是甘愿为风流韵事付出舍生忘死的代价。就在她感到无法为自己称心如意的生活增光添彩的时刻，这个年轻人身上笼罩着浪漫的艺术气息，走进了她的小天地之中。而男人们通常只是开些不痛不痒的玩笑，玩些打情骂俏的游戏，毕恭毕敬地称她为"美丽的太太"，从不曾正儿八经地把她看成女人，因此从她的少女时代至今，她内心深处第一次体验到了那种激动。也许除了他太过引人注目的脸上那层哀愁的阴影之外，他的身上没有任何吸引她的气质。她连这层阴影也难以分辨清楚，正如他精湛的琴艺和那黯然神伤的沉思默想一样，实际上也是一种训练而成的东西，他就在这种沉思默想中进行早已预习好了的即兴演奏。她感觉自己被那些无聊透顶的中产阶级人士包围着，对她而言，这种忧伤就是想象中的更高层次的世界，这种五彩缤纷的世界，她曾在书本中欣赏过，也曾浪漫地出现在戏剧中，于是为了看个究竟，她在不经意间跨越了日常情感的界限。一句恭维的话使他从琴键那里抬起头来对她匆匆瞥了一眼，而这一眼恰好抓住了她的芳心。这句恭维的话是因为她被他此时此刻的琴艺倾倒才说出来的，因此它或许要比礼貌性的表示更为热情。她被震慑住了，同时又感觉到一种对付一切恐惧的快感：在他们的一次谈话中，一切似乎都被这秘密的火焰照亮，烧热，这次谈话大大激发了她那强烈的好奇心，于是在一次公开的音乐会上，她又一次和他相见了。后来他们见面的次数更为频繁，不久就不需要依靠偶然相遇的机会了。尽管迄今为止她对音乐并没有多少令人惊叹的鉴赏力，也完全有理由无视自己的这种艺术鉴赏力，但他一再向她保证说，她这位艺术家的真正知音和顾问对他至关重要，就是这样一份虚荣心，使她在几周之后贸然答应了他的提议，他说希望在自己家里为她，并且只为她一个人演奏他最新的作品。这个承诺也许只是他半真半假的想法吧，但那天一开始便是拥抱接吻，最后以她的献身了事，连她自己都大感意外。她的第一感觉就是对这种猝然转向肉体的行为感到害怕，围绕着这种关系的神秘恐惧突然消失了，而刺激起来的虚荣心与第一次拒绝回到自己中产阶级世界的决意，部分缓解了她那并非出于故意的通奸引发的负罪感。刚开始几天，自己的丑行曾让她害怕得惊慌失措，现在她的虚荣心使这种恐惧变成了志得意满，这种神秘的兴奋只在最初的瞬间充满紧张不安。她的本能在悄悄地抗拒着这个人，最抗拒的是他内心的新东西，实际上正是这种另类的东西曾经引起了她的好奇心。他奇装异服的打扮，像吉普赛人那样流浪的家，永远在奢侈和窘迫之间摇摆不定的无规律的经济状况，这一切对她的小资感觉而言是很反感的。和绝大多数女人一样，她远远地将艺术家想象得很浪漫，他和人交往时彬彬有礼，像一只野兽那样闪闪发光，但必须被关押在文明的藩篱后面。在他演奏时曾经令她心神荡漾的激情，却在和他身体亲近后变得令人不安了，其实她不喜欢这种遽然而来的居高临下式的拥抱方式，这样的拥抱自以为是，无所顾忌，而她丈夫的拥抱在多年以后依然显露出羞羞答答、爱慕有加的激情，她不自觉地对这两个人加以比较。但现在，一旦对丈夫不忠之后，她便一而再，再而三地到他那里去，自己既不感到幸福，也不感到失望，仅仅是出于某种责任感和那种习惯成自然的懒惰而已。她这样的女人在轻浮的女人甚至妓女中间并不少见，但她内心的小市民习性却是根深蒂固的，因此她会将秩序带到通奸中，将勤俭持家带到放荡不羁的生活中，试图戴着耐心的面具将最为稀奇古怪的情感混入日常生活中。不到几个星期，她就让这个年轻人——她的情人在某些细节方面适应了她的生活习惯，就像对待自己的公公、婆婆一样，她规定和他一周见一次面，但自己并没有因为有了这种新的关系而放弃自己原有的生活秩序，而仅仅是从某种程度上为自己的生活增添了某种色彩而已。她的情人很快就成了她生活中的一台舒适的机器，他为她不咸不淡的幸福生活添些佐料，就像是她的第三个孩子或者是一辆汽车，不久之后，她便觉得这种艳遇变得与合情合理的享受一样平淡无奇了。

现在，由于她要为这段艳遇付出真正的代价——风险，她便第一次开始斤斤计较地考虑是否值得自己这么去做了。由于命运的眷顾，她自幼娇生惯养，家境殷实而无忧无虑，所以第一次碰到这样的不快就觉得忍无可忍了。她马上拒绝让自己无忧无虑的内心世界做出任何牺牲，并且为了满足自由自在的生活，愿意毫不犹豫地放弃情人。

情人的回信在下午的时候就由邮差送到了，他显然被吓坏了，字里行间紧张不安，吞吞吐吐。整封信他都是在精神错乱地恳求、悲叹和埋怨，使她对结束这段风流韵事的决定重新变得迟疑不决起来，因为虚荣心的欲望得到了满足，她重又对他的绝望陶醉起来。她的情人以最迫切的语言请求至少马上和她见上一面,倘若在不知情的情况下真的在什么地方伤害了她的话,那么最起码他能够弄清楚自己罪在何处。现在,这种新的游戏引诱她继续和他对着干,并且通过毫无来由的拒绝让他为自己付出更为昂贵的代价。她发觉自己眼下正处在兴奋之中,让人感到很舒服的是,她被狂热的激情所包围,自己却并没有燃起这种激情,这一点她和所有内心冷漠的人一样。她突然想起有一家咖啡馆,自己还是女孩子的时候,曾经和一位演员在那里有过一次幽会。不过她现在觉得那次见面很幼稚可笑,那位演员对她毕恭毕敬,却又那么毫不在乎。于是她约情人到那家咖啡馆去会面。真是奇怪,她在心里笑着对自己说,这种浪漫的事在她婚后多年早已像花儿一样枯萎,现在却又在她的生活中重新绽放。昨天和那个女人扫兴的不期而遇令人感到由衷的高兴,她从中重新体会到了一种久违的强烈感觉,这种感觉如此刺激,她那平时很容易放松下来的神经又悄悄地震颤起来了。

这一次,她穿了一件并不显眼的黑色连衣裙,戴了另一顶帽子,以防见面时被那个女人认出来。为了不让人看清她的容貌,她把面纱也准备好了,但固执的念头突然涌上心头,便将那面纱抛到了一边。难道因为害怕某个自己根本不认识的女人,她这个受人尊敬,享有好名声的太太竟然就不敢出门上街了吗?而在害怕危险之外,她的心中还交织着一种奇特而诱人的刺激,一种做好战斗准备,因为危险而感到兴奋的喜悦,就如手指碰到一把锋利的匕首刀刃或是瞅见一把左轮手枪的枪口似的，死神都在黑色刀鞘或者枪套之下望而却步了。在这种艳遇的惊恐中，她原本舒适安全的生活重新向某种不平常的东西渐渐靠拢，就像一种游戏在诱惑着她，那是一桩耸人听闻的事件，此刻正绝妙地绷紧她的神经，像电火花一样闪耀着穿过她的血液。

一闪而过的恐惧感只在她走上街头的一刹那掠过她的心头。这就好比在投身波涛之前，首先试探性地将脚尖伸入水中，就会感觉到自己因为寒冷而神经质地打颤一样。但这种寒颤从她身上倏忽而过，一种奇特的人生乐趣随后突然在她的心中定格，那是一种大步流星向前走的欲望。她的步履如此无忧无虑、轻快有力，这是之前从没有过的。那家咖啡馆离得很近，她甚至都觉得有点遗憾了，因为此刻有某种意志驱使她有节奏地向前走着，吸引她走进那神秘而魅力无穷的冒险活动中。虽然她为这次见面确定的时间很紧，但心里还是有一种很不错的预感，相信她的情人应该早在那儿等着了。果不其然，进入店堂时，他正在一个角落里恭候她，一看到她，马上激动地从座位上跳起来，此情此景让她既感到舒心，又感到不快。她不得不提醒他小点声，由于内心混乱、情绪激动，他连珠炮般急切地向她发问和指责。可她对自己不去赴约的真正原因，却不给他任何暗示，只是玩弄些隐晦的语句，这种暧昧态度使他愈发怒气冲冲了。虽然这一次她并没有答应他的要求，可还是对先前的决定开始犹疑起来，因为她感觉到这种令人费解的又是出人意料的逃避和拒绝多么令他愤怒。半小时紧张的谈话之后，她和他分手，对他并没有一丁点儿含情脉脉的表示或者哪怕一丁点儿暗示，但她的内心却有一种奇特的情感在燃烧，那是她做小姑娘时有过的情感。她觉得仿佛有一道令人兴奋的小小火焰在内心深处闪烁，只消一阵风吹来便可变成熊熊烈火，继而吞没她的全身。她急促地迈着大步向前走，注意着从小巷里向她射来的每一道目光，她没有料到自己竟然成功地吸引了那么多男人的眼球，这勾起了她强烈的好奇心，希望亲眼目睹一下自己的容颜，于是她突然在一家花店橱窗的镜子前停住脚步，以便在红玫瑰和闪着晶莹露珠的紫罗兰的镜框里见识一下自己的芳容。她的双眼闪闪发光，注视着橱窗的镜子，镜中的自己那么年轻貌美、轻松愉快，性感的嘴唇半开半合，正对着自己心满意足地微笑。她感觉此刻迈步向前的时候，四肢仿佛变成了鸟儿的翅膀，简直要飞起来了。她的身体因为渴望摆脱羁绊，渴望跳舞，渴望心醉神迷而打破了步履中原有的从容节奏。现在，她正从圣米歇尔教堂前匆匆走过，钟声传过来了，那是在召唤她回家，回到熙来攘往、井然有序的世界，这使她反倒有点不乐意起来。从少女时代开始，她还从未有过如此轻松愉快的感觉，全身的感官从未如此富有生机，无论是婚后的最初日子，还是与情人的拥抱，都不曾有过一丝火星闪过她的身体，现在要将所有这些难得一见的无牵无挂，这种身体内如痴如醉的甜蜜情怀消耗在规定的时间里，她觉得这简直是无法忍受的。她费尽九牛二虎之力向前走去，到了家门口，又一次犹疑地站住不动了,她想再一次敞开胸怀深深吸一口火热的气息,回味一下那令人眼花缭乱的时刻,将这次爱情冒险中渐渐平息的最后波涛压在内心深处。

就在这时,有人碰了一下她的肩。她冷不防转过身来,突然看到了那张丑陋不堪的脸。"你……你究竟还想干什么?"她惊慌失措地支支吾吾道。当她听到自己说出这句致命的话来时,更加感到心惊肉跳了。她原本打算好了,若是再见到这个女人,应该装作不认识她,要否认所有的一切,当面质问这个敲诈勒索的女人……可现在一切为时已晚。

"我在这里恭候您半个小时了,瓦格纳夫人。"

听到这个女人叫自己的名字,伊蕾娜不禁吓了一跳,原来这个人知道她的名字,知道她的住所。现在一切都完了,她在劫难逃,只能束手任人摆布了。她的嘴巴想说话,心里仔细斟酌着如何措词,可是她的舌头不听使唤,无力蹦出一个字来。

"我已经恭候您半个小时了,瓦格纳夫人。"

这个人咄咄逼人地又重复了一遍,像是在责备她似的。

"你想干什么……你究竟还想从我这里得到什么……"

"您知道的,瓦格纳夫人,"伊蕾娜听到她再次称呼自己的名字,又吓了一跳,"您知道得很清楚,我为什么要来。"

"我从来没有见过他……你现在就让我……我永远不会再见他……永远不……"

这个人悠然自得地等待着,直至伊蕾娜激动得无法说下去,才像盼咐下属一样粗暴地说道:"别撒谎了!我一直跟踪你到咖啡馆。"看到伊蕾娜在朝后退缩,她嘲弄地补充道:"我又没有什么事情可做。他们把我辞退了,说是碰上了萧条时期,没有那么多工作。你瞧,这就需要利用一些机会了,所以我们这种人也会到外面散散步……和体面规矩的女人一模一样。"

她冷漠恶意的话语刺痛了伊蕾娜的心,这种赤裸裸的敲诈卑鄙无耻,而且残酷无情。伊蕾娜感觉自己毫无能力抵抗,恐惧的念头让她越来越忐忑不安,这个人有可能再一次开始大声嚷嚷,也可能她的丈夫会恰好路过,那么一切都完蛋了。她急忙将手伸进皮手筒,打开银包,掏出所有的钱抓在手里,厌恶地碰了一下那女人的手,只见那女人一脸稳操胜券的神情,慢悠悠地伸出手来,当仁不让地接过了自己的猎物。

可这一次,那只无耻的手触到钱并没有像上次那样随即放下来,而是一动不动地伸在伊蕾娜面前,就像一只张开的利爪。

"你干脆把那只银包也给我吧,那样我就不会把钱弄丢了!"她撅着嘴巴讥讽地说道,伴随着"咯咯"的轻笑声。

伊蕾娜瞥了她一眼。这女人眼中厚颜无耻、卑鄙下流的冷嘲热讽真是受不了。恶心仿佛穿过整个身体,她感觉到钻心的疼痛。唯有离开,离开,只要再也别见到这张脸就行!她避之不及地迅速将那个价值连城的坤包交给那女人,然后惊恐万状地走上楼梯。

丈夫还没回家,她一屁股倒在沙发上,一动不动地躺在那里,活像被一把锤子击中了一样,只觉得一种猛烈的抽搐跳动着穿过手指,渐渐转移到胳膊,最后传到了肩膀上,身体中没有任何力量能抵抗这突如其来的恐惧横施淫威。直到传来丈夫从外面回来的声音,她才强打起精神,木然恍惚地拖着脚步走进了另一个房间。

现在,恐惧在她的家里扎下了根,无法从房间里将它赶走了。在许多空虚的时光里,那次可怕相遇的种种画面像波涛似的一浪接一浪地重新冲进她的记忆里,她心知肚明,自己的处境已经毫无指望了。她不明白这一切是如何发生的,那个人既然知道她的名字、她的住处,既然前面两次轻易得手,那么她无疑会不惜动用一切手段,利用自己知情人的身份没完没了地敲诈下去。那女人一定会像高山一样压在她的人生之路上,让她许多年无法摆脱,伊蕾娜绝望透顶,感到自己如何努力都将无济于事,尽管她现在很富有,是一个阔太太,可还是无法瞒着丈夫弄来一大笔钱。有了这笔钱,她才能永远摆脱这个人。而且她从丈夫偶尔的叙述和各种诉讼中了解到,那些老奸巨猾、不知廉耻的家伙的合同和诺言全都一文不值。她计算了一下,或许这一两个月她还可以暂避灾难,而以后她那幸福的家庭必将坍塌。稍稍令她宽慰的是,她有把握将这个敲诈勒索的女人一同拖进这万劫不复的深渊。她使自己失去了平静的生活,整天陷于恐惧之中不能自拔,与这种苦不堪言的生活相比,对那个早该受到惩罚的邋遢女人来说,蹲六个月大牢又算得了什么呢？自己丧失了名誉，有了污点，现在必须重新开始一种新的生活，她觉得这是令人难以想象的，而在此之前的生活都是别人带给她的，她压根儿就没有掌控过自己的命运。后来她又想到她的孩子在这里，她的丈夫，她的家，所有这些东西，只有到了此时此刻，当她快要失去之时，她才感觉到其实它们早已成了她内在生活的一部分——核心部分。她先前觉得所有这一切是那么唾手可得，只要穿着一件裸露的衣服就可以轻易到手，可现在她突然觉得这样的日子真是弥足珍贵。有时候，她觉得这种想法匪夷所思，真的像梦一样不真实：一个陌生的流浪女人潜伏在不知道哪儿的大街上，竟然有权用一句话便能将一个温情脉脉的大家庭拆散。

现在她明白无误地感觉到灾难是不可避免的，逃脱是不可能的。可是会发生……会发生什么呢？她从早到晚都在想着这个问题。总有一天，一封信将抵达她丈夫的手上，她会看到他走进来，脸色苍白，眼神黯淡，一把抓住她的胳膊质问……那然后呢……然后会发生什么呢？他会做什么？在迷惘而残酷的恐惧黑暗中，画面突然在这里消失了。她不知道后面的结局，她的猜测在头晕眼花之中坠入无底的深渊。然而在苦思冥想中，有一点她也已经可怕地意识到了，那就是事实上她太不了解自己的丈夫，事先对他会做什么决定考虑得太少了。她是遵从父母之命和他结婚的，当初并没有任何不从的意思，经过这么多年，对他挺有好感，始终没有感到失望。到今天已经在他身边幸福甜美地生活了八个年头，为他生养了两个孩子，有了一个家，还有两个人无以数计的肉体相互温存的时刻。但是现在，当她自问丈夫会采取怎样的态度时，她才明白过来，丈夫在自己眼里完完全全是一个陌生人。她发疯似的回忆着，用幽灵一般的探照灯去搜索近几年的生活，她发现自己从未探究过他真正的本性，这么多年也不知道他究竟是一个冷酷无情的人，还是一个好说话的人，是一个严厉的人，还是一个温柔的人。她从这种必须严肃对待的生活恐惧中醒来，怀着一种迟来的负罪感，不得不承认自己了解到的仅仅是他流于表面的社会形象，却未曾了解到他内在的本质，而只有从他的本质中，她才可以探究出他在这种悲剧性的时刻究竟会做出怎样的决定。她不由自主地开始研究起那些细枝末节和暗示性的东西，开始思考假如碰到类似问题，他将在谈话时做出怎样的判断。可令她大感惊讶的是，她发现丈夫几乎从未对她表达过个人的观点，不过从另一方面看，她也从来没有提出过关于内心生活的问题来向他求教。现在她才开始从能够揭示其性格的个别特征中猜测他的整个人生，此刻她正满怀恐惧地拿起那把胆怯的锤子，敲击着每一个细小的回忆，寻找通往他心灵密室的入口。

现在她开始窥探他发表的每一个最细微的意见，心急如焚地期待他的到来。他几乎从不面对面地表达问候，但从他的手势看，比如他吻她的手或者用手指抚摩她的头发，她感觉到那种含情脉脉的存在，尽管她羞羞答答地害怕那些狂热的表情，但这种含情脉脉应该表示他内心深处是喜欢她的吧。他和她说话时总是从容不迫，永远不会烦躁不安或是兴奋激动，他的整个行为举止显出镇静而友善，可这与他对待仆人时的镇静和友善几无区别，这就让她有点惴惴不安，妄加猜测了。而与他对待孩子的态度相比，那种举止显然更加算不得什么了，孩子们到了他那里，他始终表现得很活跃，时而轻松愉快，时而兴致勃勃。他今天又是不厌其烦地询问家里的各种琐事，似乎是给她机会在他面前陈述她的兴趣，好把他自己的兴趣隐藏起来。现在通过对他的观察，她第一次发现丈夫对自己是那么体贴入微，他一直在努力以克制的方式适应她的日常谈话，她突然惊骇地认识到那些善意的谈话其实是多么枯燥无味。他在言辞方面没有透露任何心声，这使她那一颗渴望获得宁静的好奇心不免感到失望。

因为从他的话音里无法获取他的秘密，所以她只好研究起他的脸部表情来。此刻他坐在靠背椅上看书，他的周围被耀眼的灯光照亮了，她朝他的脸凝神望去，仿佛在看一张陌生的面孔。长达八年不痛不痒的夫妻生活将他的性格特征藏匿起来了，伊蕾娜正试图从既熟悉，又突然变得陌生的面部表情中发现他的这些特征。他的额头明亮如昼，气宇轩昂，令人感到一种内心强大的精神力量，但他的嘴唇却很严厉，没有任何顺从屈就的意思。一切都表现出他强有力的男子汉气概特征，精神抖擞，活力四射。她感到惊讶的是，她从丈夫脸上发现了一种俊美，她赞赏地观察那种尽力抑制着的严肃神情。对他本质中这种明显居高临下的姿态，她之前仅仅简单地将其解读为不苟言笑，但和社交辞令的滔滔不绝相比，她更喜欢这种些许的木讷寡言。而那双眼睛呢，想必能够隐藏他真正的秘密，却始终下垂着注视书本，不让她看明白。她只好一直以探询的目光凝视他的侧影，仿佛那一起一伏的线条代表一句话，要么宽恕你的罪孽，要么罚你下地狱。这张脸的轮廓显得有些陌生，它的冷酷令她大为惊骇，但它的坚毅让她第一次意识到一种引人注目的俊美。她猛然感觉到自己喜欢充满乐趣地看着他，并以此为豪。她在这种感觉清醒的时候，总好像有什么东西在拽着她的胸口，让她感到很痛苦，这是一种沉闷阴郁的感觉，一种差不多是感官方面的紧张不安，她遗憾自己错过了某些东西，永远难以想象从丈夫的肉体方面能得到类似的强烈感受。这时，他突然从书本中抬起头来望了望。她急忙转过身去，重新退回到深邃的黑暗中，不让他从她的眼神中看出那个迫切的疑问，以免引起他的怀疑。

已经有三天没离开自己的家了。她不快地发觉，自己这样突然大门不出，二门不迈，早已引起了他人的注意，因为通常而言，她很少接连几个小时或是几天待在自己的家里。她天生不是一个很会当家的人，经济上的充裕使她摆脱了对家庭境况的任何后顾之忧。因为整天在家感觉无聊，这个家无异于成了她来去匆匆的休憩地，而大街、剧院、社交协会那能够了解外部世界变化的各种聚会成了她最喜欢逗留的场所，因为这里的享受并不需要做出任何内心的努力，在遇到懵懵懂懂的情感时，所有的感官将会得到多种多样的刺激。就伊蕾娜的整个思维方式而言，她无疑属于维也纳有产阶层中优雅集团里的一分子。根据一种不成文的约定俗成，他们全部的日程安排似乎就在于，这个看不见摸不着的组织的每一个成员，要在同样的时刻，怀着同样的兴趣，迅即聚会在一起，并且把这个永远经得起对比的观察和会面逐渐升格为他们人生的意义。一旦一个人只依靠自己孤独地生活，那么这种习惯于懒散的公共生活将失去任何支撑，如果微不足道然而必不可少的感觉没有了熟悉的养料，所有感官将会起来造反，而独处将会骤然变成神经质的自我敌视，会没完没了地感觉时间压在自己的身上，没有了自己习惯的使命，流淌的时间也失去了任何意义。伊蕾娜在自己的房间里来回踱步，感到自己宛如置身于高墙之内，闲散无事、焦躁不安。大街、世界，那是她真正的生活，却不准她进入，那个敲诈勒索的女人却像个天使，带着一把闪闪发光的剑，气焰嚣张地站在那里。

两个孩子从一开始就注意到了她的变化，尤其是年龄稍大的男孩，看到妈妈老是在房间里待着，不免露出一副天真惊讶的神情。仆人们也开始窃窃私语，和家庭女教师一起议论他们的种种猜测。伊蕾娜竭力寻找各种各样的，部分是碰巧想到的非做不可的事来做，以说明她出人意料地待在家里是有正当理由的，可一切只能适得其反，恰恰是这种人为编造的解释暴露了她的秘密。这么多年对家务事不闻不问，她在原本属于自己的工作范围内成了一个毫无用处的人。凡是她想亲力而为的地方，总是会碰到外人的阻挠，他们将她突兀的尝试视为有悖常规的自以为是而加以拒绝。所有的空间都被人占领了，她本人因为不习惯而成了自己家庭组织里的异物，于是她不知道该如何打发自己，打发自己的时间。连和孩子们亲近，她也失败了，他们对她心血来潮的新管教方式表示怀疑。有一次，她试图看管他们，七岁的儿子竟然无礼地问她为什么最近不再外出散步，她羞愧得面红耳赤。她在哪儿帮忙，哪儿的秩序就会被打乱，她对哪儿产生兴趣，哪儿的人就会对她产生怀疑。可是她又缺乏那种技巧，无法采用明智而克制的方法让人不注意到她老是不出家门，或者无法平心静气地待在房间里，比如看看书，做点家务活。内心的恐惧不停地把她从一个房间驱赶到另一个房间，恐惧就像任何一个强烈的感觉一样，在她身上变成了神经质的东西。只要听到电话铃声或者门铃声，她马上会慌成一团，然后突然发觉自己总是躲藏在窗帘后面向大街窥望，如饥似渴地望着行人或者至少瞅一下他们的外貌，她向往自由的日子，可内心总是满怀恐惧，害怕从路过的众多脸中突然看到那张脸，那张脸已经跟踪到她的梦里去了。宁静甜美的生活已在顷刻间化为乌有，她沮丧地预测，随之而来的将是一种完全毁灭的人生，感到这三天蹲在这房间的高墙内，比她八年婚姻还要漫长。

可在第三天晚上，她接受了数周以来的第一次邀请，和丈夫一起参加聚会。现在，倘若无法说明充分的理由，她是不可能突然拒绝他的邀请了，再说这些看不见的恐怖栅栏如今已在她的生活周围筑起，总有一天必须砸断，她才不至于毁灭。她需要和人相处，需要用几小时的休息时间来摆脱自己，摆脱恐惧带来的自杀式的孤寂。那么还有什么比和朋友们一起待的陌生房间更安全的地方呢？还有什么比摆脱这种日常路途中的无形跟踪更可靠的地方呢？她离开家门，这是她和那个女人最近相遇之后第一次重新触摸大街。很可能那个女人就在哪个地方暗中守候着呢，她的内心颤抖了一下，尽管只是短短的一瞬间。她情不自禁地抓住丈夫的胳膊，闭上双眼，迅疾走了几步路，从人行道钻进一辆等候着的汽车里，直到她安全地依偎在丈夫的一侧，汽车"呼"的一声穿越夜晚孤寂的大街时，她心中的一块巨石才算落了地，而当她迈开脚步踏上陌生人家的楼梯，她才知道自己总算平安无事了。现在，她又可以像以往那样度过逍遥自在、快乐无比的几个小时，从监狱的高墙重新回到阳光普照的人间，这使她越发意识到自己的喜悦之情。这里是抗击任何跟踪的堡垒，憎恨是进不来的，这里只有喜欢她、尊重她和敬仰她的人，都是些打扮光鲜、心无恶意的人，他们的周围被无忧无虑的微红色火焰映射得熠熠生辉，那令人陶醉的轮舞今天终于又重新拥抱她了。因为她一进来，立刻从其他人的目光中感觉到自己很美，她也因为这种长时间缺乏的有意识的感觉而变得更美了。她始终感觉到有一把想象的锋利犁刀，徒劳无益地在她的脑子里耕了个遍，弄得她内心的一切伤痕累累，痛苦万分。现在，在经过多日的沉默之后，这是多么叫人愉快啊，能够重新听到那些恭维谄媚的话，就像一股电流活生生地传至她的皮肤，再流入她的血液，这是多么叫人舒心啊。她出神地待在那里，有种东西在她的胸间不安地颤动，想要跳出来。她突然意识到那是一种笑声，在被禁锢多时之后，现在终于要释放出来了。仿佛是香槟酒瓶口的软木塞"砰"的一声蹦了出来，随即发出一阵低沉的咕噜声似的，她不停地放声大笑，有时对自己放荡不羁的忘乎所以都有点难为情了，但马上又会纵情大笑起来。她放松的神经在放电，全身所有的感官都活跃起来，健康而兴奋，好多天以来第一次感觉自己真的饿了，她又开始尽情地享受起美食来，像一个渴极的人一样拼命畅饮。

她渴望和人相聚，渴望从各种生命气息和享乐中为干枯的心灵汲取养料。隔壁房间的音乐把她吸引住了，钻入她火热的皮肤深处。舞会开始了，她还没弄明白是怎么回事，便一头扎进熙熙攘攘的人群中。在她的一生中，她还从未这么跳过舞。舞池中不停地旋转将她身上的所有重负抛到了九霄云外，富有规律的音乐节奏不断地刺激着她的四肢，使她的身体充满火一样的活力。一旦音乐停下，她便会感觉寂静是一种痛苦，好像有一条不安生的蛇从她颤抖的四肢不停地向上蹿动，她如同在游泳池凉快的池水中歇息冷静了一番，然后又重新跳入旋转不停的舞池中。以往她是一个不显山不露水的舞伴，一招一式矜持而从容，冷酷而谨慎，可这一次，无拘无束的欣喜若狂消除了身上的所有顾虑。一条象征羞耻和镇静的铁丝原本可以将最疯狂的激情紧箍成一束，此刻也从中间裂开了。她感觉自己毫无理由地被完完全全融化在快乐之中，感觉自己周围被无数双手臂和无数双手紧紧搂抱住，相碰在一起，又悄然离开了。人们说话时的呼吸声，爆发出来的爽朗笑声，还有她血液里面颤动的音乐声，使她的整个身体充满渴望，身上的衣服好似在燃烧，她真想在不知不觉中将全部衣服扯下来，好让自己不加任何掩饰地、更深切地体会到这种欣喜若狂。

"伊蕾娜，你怎么了？"她踉踉跄跄地转过身去，眼里依然带着笑意，神情依然像被舞伴搂抱时那样热烈，然而丈夫讶异而呆滞的目光正冷酷无情地刺向她的心脏，她大吃一惊，难道是她太疯狂了吗？难道是她的狂热将什么东西暴露出来了吗？

"什么……你说什么，弗里茨？"她支支吾吾地问道，因为丈夫的目光令她大感意外，那目光透露出他斩钉截铁般的果断坚决，越来越深地射进她的心中，她现在完全能从内心，从内心深处感觉得到，她真想大吼一声。

"这可真稀奇啊。"丈夫终于喃喃说道，话语里含着隐隐约约的惊奇。伊蕾娜不敢问他究竟是什么意思，但现在他默不作声地转身离开，伊蕾娜看到他宽大的肩膀有力地坚挺起来，粗壮的脖颈显得更加顽强不屈。她的四肢禁不住打了个寒战，仿佛遇到了一个杀人凶手，这个寒战在她的脑子里一闪而过，只是一眨眼的工夫，马上又毫无影踪了。此刻，她仿佛第一次看到他，看到自己的丈夫，她惊恐万状，原来丈夫是如此强大而危险。

音乐再度响起，一位先生向她走来，她只是机械地拉住他的手臂，现在一切变得艰难起来，连欢快的旋律也无法抬起她那僵硬的身躯了。一种阴郁的重负从她的心脏落到了她的脚上,每跨一步都让她感到痛苦,她只好请求舞伴能够让自己稍事休息。往回走时,她不禁朝四下里张望,看看丈夫是否就在附近。她果真吓了一跳,因为丈夫就站在她身后的地方,仿佛在等她,他又是用那种赤裸裸的目光盯着她看。他想干什么?难道他知道了什么事吗?伊蕾娜不由得提起自己的上衣,好像是要保护自己裸露的乳房不受他侵犯似的。他的沉默很顽固,一如他的目光。

"我们走吗?"她胆怯地问道。

"好。"他的声音听起来生硬而无情。他走在前面,她又看到了他盛气凌人的宽大脖颈。有人帮她披上皮大衣,可她还是觉得冷。他们并排坐在车里,彼此没有出声。伊蕾娜一句话也不敢说,她迷迷糊糊地感觉到一种新的危险,现在自己要受到两面夹攻了。

这天夜里,她做了一个令人窒息的梦。一种陌生的音乐响了起来,大厅宽敞而明亮,她走进去,各种各样的人和五彩缤纷的色彩同她的各种动作交织在一起。这时有一个男青年挤到她跟前,她觉得认识他,但又不能完全猜出是谁,他抓住她的胳膊,便和她跳起舞来。她感觉很舒服,很温馨,一种无与伦比的波涛般的音乐将她举了起来,她再也感觉不到大地的存在,于是他们跳着舞穿越了许许多多的大厅。那些大厅里的金色灯架挂得很高,仿佛天上闪烁的柔弱星光,紧挨着的许多面镜子向她投来各自的微笑，然后在没完没了的反射中重新将微笑投向远方。舞会越来越火爆，音乐也越来越热烈。她注意到那青年和自己贴得更紧了，青年的手埋在她裸露的胳膊下，她因为悲喜交集而叹息着，此刻，他们终于四目相对，伊蕾娜才觉得认出他来了。她想起他就是那个演员，自己还是小姑娘的时候曾经狂热地暗恋过他，她惊喜得正想说出他的名字来，青年却用一次狂吻堵住了她轻轻的呼唤。就这样，两张嘴合在了一起，两个身体相互燃烧变成了一个身体。他们像是被一阵风扛着似的，幸福地飞过那些大厅，一堵堵墙像退潮似的流走，她已经感觉不到那天花板在漂浮，只觉得这样的时刻有着说不出的轻松，整个四肢仿佛挣脱了锁链。就在这时，有个人突然碰了一下她的肩膀。她停住脚步，音乐也随之戛然而止，灯光也熄灭了，那一堵堵黑魆魆的墙拼命挤过来，她的舞伴也不见了踪影。"把他还给我，你这个小偷！"那个面目可憎的女人大吼道，吼叫的声音如此之大，墙壁随之发出尖锐刺耳的回响，然后那女人冰冷的手指夹住她的手关节不放。她奋力抵抗，听到自己在吼叫，那是一种惊恐的叫喊声，既抓狂，又刺耳。于是两个人开始扭作一团，但那个女人更厉害，拉下了她戴在脖子上的珍珠项链，同时把她的连衣裙扯下了一半，她的乳房和胳膊全都暴露在撕烂的衣衫外面了。忽然，那些人又回来了，随着嘈杂声越来越大，他们纷纷从各个大厅蜂拥而入，脸上满含嘲讽，目瞪口呆地盯着她俩看。她们俩一个半裸着身子，另一个在发出尖叫："她抢我的男人，这个通奸的女人，这个妓女。"她不知道自己该往哪儿躲,眼神该往哪儿转,因为这些人越走越近,那一张张鬼脸充满好奇,大呼小叫,盯着她的裸露处看。此刻,她游移不定的眼神急于寻找脱身的地方,却突然看见丈夫一动不动地站在昏暗的门框内,右手藏在背后。她大叫了一声,为了逃脱他的视线,跑过了好几个大厅,目光贪婪的人群在她身后推推搡搡,她感觉自己的衣服越来越向下滑去,几乎拉都拉不过来了。这时,只听见"砰"的一声,一扇大门在她面前打开了,为了尽快脱身,她拼着小命冲下楼去,可又是那个下流女人,穿着羊毛裙子,伸出爪子似的双手等候在楼下。她一骨碌闪向一边,疯了似的向远处跑去,但那个女人马上追赶上来,就这样两个人在夜色中沿着寂静的长街追逐着,连街灯都俯下身子对着她们冷笑。她总是听到身后传来那个女人木鞋子的"啪嗒、啪嗒"声,但每当来到一个大街拐角的地方,那里又会重新跳出那个女人来,到下一个大街拐角处还是老样子。那女人总是先一步赶到那里,潜伏在所有的房子后面或者左右两边,伊蕾娜无法超越这个女人,感觉两膝已经不听使唤了。终于,她来到了家门口,立即向楼道里奔去,可当她打开房门时,她的丈夫就站在那里,手里拿着一把刀,用咄咄逼人的目光盯着她看。"你究竟上哪儿去了?"他闷声闷气地问道。"没到哪儿去。"她听见自己说道,可她的身边马上响起一阵刺耳的笑声。"我看见了!我看见了!"那个女人尖声大笑着说道,忽然又出现在伊蕾娜旁边。这时,丈夫举起刀来。"救命啊!"伊蕾娜吼叫道,"救命啊!"……

她惊恐的两眼向上凝视,和丈夫的目光相遇在一起。这……这是什么地方?她在自己的房间里,吊灯发出微弱的光线,她躺在家里自己的床上,她只是在做梦而已。可为什么丈夫坐在她床边,像对待一个病人那样打量她呢?那盏灯是谁点上的?他为什么那么严肃地站在那里,一动不动,眼神呆滞?她吓得不停地抽搐着,不由得朝他的手看去,不,他的手里并没有拿着刀。渐渐地,她睡梦中的昏昏沉沉消失了,那闪电般的一幅幅景象也不见了。想必她是在做梦,梦里的大吼大叫把他给吵醒了。可他为什么那么严肃地看着她,那么揪心,那么无情?

她强作微笑问道:"这……这究竟是怎么啦?你干吗那样看着我?我想我只是做了一个噩梦而已。"

"是啊,你大声嚷嚷。我在另一个房间听到了你喊叫的声音。"

我叫嚷什么了?我是否泄露什么秘密了?他究竟知道什么了?她忧心忡忡,简直不敢再抬起头来面对他的目光。可他却低下头来,一本正经地注视着她,神色异常平静。"你怎么回事,伊蕾娜?你是发生什么事了吧。这几天你完全变了个人,像是发高烧了一样,神经过敏,心不在焉,怎么睡梦中还喊救命呢?"

她勉强笑了笑,但丈夫坚定地说道:"你不必向我隐瞒什么。你是有什么烦恼或者令人折磨的事吧?你变了样子,家里每个人都注意到了。你应该相信我,伊蕾娜。"

他轻轻地将身子贴近她，手指在抚摸着她裸露的胳膊向她示好，眼里闪耀着异样的光芒。就在丈夫对她的无比痛苦面露忧色的这一瞬间，伊蕾娜的心中突然产生了一种渴望，她真想把自己的身体贴到丈夫壮硕的身体上，紧紧地抱住他，向他坦白一切，就在此刻，在他正看到她无比痛苦的时候，直至他宽恕自己为止。

可吊灯发出的微光照亮了她的脸孔，使她害羞得无法说出这句话来。

"别担心，弗里茨。"尽管身体从头到脚都在颤抖不停，她还是尽力微微一笑，"我只是有点神经过敏吧，马上就会过去的。"

他的手刚才还在紧紧抱住她，这时却忽然抽了回去。只见丈夫在昏暗的灯光下面如死灰，因为心事重重而额头紧锁，此时此刻看到他这个模样，伊蕾娜不禁吓了一跳。丈夫慢慢地直起腰来，缓缓说道："不知道为什么，我感觉你好像想要把这几天的事情跟我说，一件只是和你我有关的事情。现在就我们两个人在，伊蕾娜。"

她一动不动地躺在那里，仿佛被他这种严肃而蒙眬的目光催眠了一样。她觉得这是多么美好啊，现在一切都会好起来，她只需要说一句话，只是简短的一句话——原谅我吧，他就不会再问究竟是什么事了。可是那灯光为什么还亮着呢？那嘈杂、无礼、窃听的灯光！她感觉到若是在黑暗中，自己就会说出来的。可这种灯光让她丧失了勇气。

"那你真的……真的没有什么事情要跟我说吗?"

这种诱惑多么可怕啊,他的声音多么温柔啊!伊蕾娜从来没有听到他如此说过话。可是这灯光,这吊灯,这黄色的贪婪的灯光啊!

她提起精神来朗声一笑,"你想到哪儿去了,"却被自己假惺惺的声音吓住了,"难道我睡不好觉,就该有什么秘密,就该有什么风流韵事吗?"

她直打寒战,可想而知这话听起来有多么虚情假意,她简直吓得魂飞魄散,不知不觉地将目光移向了别处。

"那好,晚安。"丈夫说得很简洁,口气很尖锐,那是一种迥然不同的声音,像是一种威胁,或者是一种恶狠狠的嘲笑。

说完,他熄了灯。伊蕾娜看着他的白色影子在门口消失,那影子无声无息,飘忽不定,像是夜里的一个幽灵,而当房门关上的时候,她感觉仿佛是一口棺材被合上了。她感觉世上所有的人都已经死去,空洞无物,只是在自己僵硬的身体里,心和胸在疯狂地碰撞,发出巨大的响声,每跳一次都会痛上加痛。

第二天,两个孩子在吃午饭时吵了一架,被训斥了一顿后好不容易才安静下来。这时女佣送来了一封信,是写给尊敬的夫人的,要求马上给予回复。她发现是陌生人的笔迹,不胜讶异,急忙拆开信封。刚看了第一行字,她顿时脸色煞白,禁不住一跃而起,等到发现别人的神情不约而同地充满了惊讶,她不觉大惊失色,意识到自己的疯狂举止泄露了天机。

这封只有三行字的短信是可怕而不容拒绝的命令:"请立即交给送信人一百克朗。"没有署名,没有日期,笔迹显然经过了伪装。伊蕾娜跑进自己的房间拿钱,可忘记把钥匙放进了哪个抽屉里,她心急如焚地翻箱倒柜,最后总算找到了。她哆哆嗦嗦地将纸币折叠起来放进信封,亲自交到等在门口的那个仆人手里。她毫无意识地做完这一切,好像梦游一般,不容自己有任何犹豫的余地。等她重新回到房间里时,才过了差不多两分钟。

房间里寂静无声。她缩手缩脚、战战兢兢地刚一坐下,便万分恐惧地发现,刚才打开的那封信竟然随手放在自己的盘子旁边。伊蕾娜像是遭了雷劈似的,她赶紧将举起的杯子放下来,同时急于想找到一个搪塞的借口。丈夫只要稍稍伸一下手,便完全可以将那个纸条拿过来,或许只要看一眼,就足以看清上面几行笨拙的大字。她一下子说不出话来,只是偷偷把纸条揉成一团。正当她将那个便条放进口袋的时候,抬眼一望,碰到了丈夫犀利的目光。这种折磨、严厉、痛苦的目光,她以前从没有在他那里看到过。只不过才几天工夫,他又突如其来地用这种猜疑的目光盯着她看了,她内心深处不禁感到毛骨悚然,真不知道如何应付才好。上回跳舞的时候,他就是用这种目光盯着她看的,昨天夜里像刀子一样在她梦里闪烁的也是这同一种目光。

难道他已经知情或者即将知情吗?是这件事使他如此敏锐,如此赤裸裸,如此坚强,如此痛苦吗?她绞尽脑汁想说出一句话来，就在这时她突然回想起一件早就忘却了的事来。丈夫有一次对她说过，律师在面对预审法官时有一个诀窍，就是在审讯期间像近视眼一样地仔细检查案卷，这样才能在提出一个真正关键性的问题时，闪电般地抬起眼睛，仿佛一把匕首突然刺入惊慌失措的被告的胸口，在这种闪电般的聚焦之下，被告就会失去镇静，无可奈何地放弃自己精心编造的谎言。难道丈夫现在真的要使用如此危险十足的诀窍，让自己的妻子成为牺牲品吗？她很清楚丈夫对心理学有着一种狂热，这种狂热远远超出了他的律师职业对心理学的需求标准，想到这一点，她吓得直打哆嗦。对一起犯罪案件进行跟踪调查、取得口供，就和其他人喜欢赌博或好色一样，他会全神贯注地参与其中，而在心理跟踪的那几天时间里，他的举止会和他的内心一样被烧得火热。他抑制不住的急迫心情，常会促使他在夜间搜寻到那些早已遗忘了的判决，于是从外表上看，他变得格外捉摸不定了。他饭吃得不多，酒也喝得很少，只是一根接一根地抽烟，也不怎么开口，仿佛要把话留到法庭上去说一样。她只在法庭上听过一次他做的辩护，后来就再也没见过那种场景，因为她当时真的被吓坏了。他那阴森可怕的激情，说话时那几近恶毒的热情，脸上那种阴郁而痛苦的表情，现在这一切她又突然在他那趾高气扬的眉宇和犀利的目光中发现了。

所有这些被遗忘的记忆都在这一瞬间重新浮现在她的脑海里，于是那本来一直想说出口的话就此打住了。她保持沉默，虽然越是感觉到这种沉默有多么危险，越是后悔自己如何错失了最后解释清楚的机会,她就越是感到张皇失措。她不敢再抬起眼来,可现在低头看时她感到更加恐怖,因为她看到,他平时镇定自若、从容不迫的双手,仿佛幼小的野生动物一样,在桌子上不停地移动。好在午饭快要吃完了,两个孩子一跃而起,嬉闹着冲进了隔壁房间,尽管家庭女教师想方设法压低他们放肆的声音,可还是徒然。这时丈夫也站了起来,迈着沉重的脚步,目不斜视地到隔壁房间去了。

好不容易有了一个人独处的时间,她重新掏出那封倒霉的信来,又一次匆匆浏览了一下上面的几行字:"请立即交给送信人一百克朗。"她满腔怒火地将信撕成碎片,然后把碎片揉成一团,想一把扔进废纸篓里,可她突然念头一转,又停了下来,弯身凑近壁炉,将纸团扔进了噼噼作响的炉火中。看着那白色火焰灿灿跳跃,贪婪地消灭了威胁,她这才安下心来。

就在这一时刻,传来了丈夫快走到门口的脚步声,她以迅雷不及掩耳之势跳了起来,炉火散射着余光,加之生怕被丈夫逮住,她满脸变得通红。敞开的壁炉门泄露了天机,她笨手笨脚地想用自己的身体挡住它。丈夫走近桌子,划了一根火柴点他的雪茄烟。火苗向他的脸靠近时,她好像看到他的鼻翼两旁在不停地颤抖,他生气的时候就是这个样子。丈夫心平气和地朝她这边看过来,"我只想提请你注意一点,你没有义务把你的信给我看。要不要在我面前保守秘密,完全是你的自由。"她没有出声,也不敢瞅他。丈夫等了一会儿,深深吸了一口雪茄烟,然后又将它从胸腔最里面吐出来,就缓缓地离开了房间。

她的心被各种各样空洞而无聊的东西占满了,现在什么都不愿多想,只想让自己多活两天,能够麻醉自己就好。这房子是再也无法待下去了,她觉得必须到大街上去走走,身处人群之中才不至于因为恐惧而发狂。她只希望这一百克朗至少能从敲诈勒索的女人那里买来短暂的几天自由,于是决定再冒险出去散会儿步,顺便购置各式各样的东西。而如果一直待在家里,自己还得设法掩饰住出人意料改变了的生活习惯,现在必须寻找某种逃避的方式了。她像是跳离了跳板一样,闭着双眼从自己家的大楼门口拥入到大街上熙攘的人流之中。终于,她一脚踩在坚硬的石子路上,四周是温暖的人流,她急匆匆地向前冲去,为了不惹人注目,还只能像一位贵妇人那样疾步而行。她的两眼直愣愣地盯着地面,生怕又撞见那个危险的目光,这样即便被人偷窥,她至少可以装作不知道。然而尽管她感觉自己什么都不去想,可一旦有人偶然擦肩而过,她还是吓得直打颤。听到任何声响,听到身后传来的任何脚步声,看到从身边闪过的任何影子,她的神经都会痛苦得受不了。只有坐在汽车里,或是待在人家屋子里,她才能真正地呼吸。

有一位先生向她问好,她抬头一看,认出是小时候自己家里的老熟人,这位白胡子老人,和蔼可亲,但说起话来总是唠叨个没完,换在平时她早就躲着他了,因为他有个怪癖,可以凭空想象个身体上的小毛病,然后以此来跟你唠叨个把小时。

可现在假如不设法陪他走上一段路,而只是回应一下他的问候以示感谢,伊蕾娜就会感到很遗憾了,因为身边有一个熟人,说不定就能阻止那个敲诈的女人出其不意地上来纠缠呢。她迟疑了一下,想再回头和他说上一两句,可这时她忽然觉得好像有人从身后快步向她走来,出于本能,她连想都没想就继续向前奔去。恐惧使她越来越敏感,她有一种预感,觉得背后像是有人急切地走近她,尽管明知自己最终难以摆脱他人的跟踪,她的步子还是越来越急促。她感觉到那脚步声越来越近,预感到马上就要碰到那只手了,她的肩膀禁不住开始打起颤来,步伐越快,她的双膝就越是变得沉重。此刻她感觉到那个跟踪者离她很近,然后就听见一个声音从背后叫道:"伊蕾娜!"叫声很急迫,但声音很轻,她这才想起这并不是那个令她惊骇的声音,并不是出自那个给她带来灾难的可怕女人之口。她舒心地叹了口气,转过身来,发现那人原来是她的情人。她惊得突然站住不动了,情人没料到她突然停下,差点撞到她身上。他脸色惨白,心慌意乱,脸上写满了激动的神情,而现在见到她那惊慌失措的目光,他深感惭愧。情人忐忑不安地伸出自己的手想和她握手问候,见她并没有伸出手来,只好把伸出的手又收了回去。她出神地凝视了他一两秒钟,并没有料到来者是自己的情人。在心惊胆颤的这些日子里,她恰恰把他忘记得一干二净。可现在,眼前这张苍白而疑惑的脸孔,神色恍惚,茫然不知所措,目光中隐约透露出种种纠结的情感。伊蕾娜顿时勃然大怒,气得嘴唇直打哆嗦,她想要说出一句话来,可是激动的神情太明显了，他吓得只能支支吾吾地叫着她的名字："伊蕾娜，你究竟怎么了？"看到她不耐烦的表情，他突然低头补充道："我到底做过什么对不起你的事了？"

她目瞪口呆地看着他，难以抑制自己的怒火。"你做过什么对不起我的事了？"她幸灾乐祸地大笑道，"没有！绝对没有！只做过好事！只做过愉快的事。"

他的目光愣住了，嘴巴惊异地半张着，这使他的外表看起来愈加滑稽可笑。"可是伊蕾娜……伊蕾娜！"

"你别在这里让人看西洋镜了，"她粗暴地训斥道，"也别在我面前装蒜了。你那位漂亮女朋友肯定又在这附近埋伏着呢，然后又会对我突然袭击……"

"谁……究竟是谁？"

她紧紧握住伞把，真想狠狠砸到他的脸上，砸到这张傻里傻气、丑陋不堪的脸上去。她从来没有如此蔑视，如此讨厌过一个人。

"可是伊蕾娜……伊蕾娜，"他结结巴巴地越发无所适从了，"我到底做过什么对不起你的事了？……你突然说走就走……我没日没夜地等着你……我今天一整天站在你家的大楼门口等着，希望能和你说上一句话。"

"你等？……这样……你也是这样。"她感到心中有一股莫名的怒火，要是能在他脸上打上一巴掌，那将是一件多么舒心的事啊！但她还是沉住了气，再一次厌恶地看了他一眼，仿佛是在考虑要不要当着他的面，以谩骂的方式将郁积在自己心头的全部愤怒一股脑儿地发泄出来。可她却突然转过身去，头也不回地拥入纷乱的人群之中。他一筹莫展地愣在那里，全身战栗，伸出的手还在发出恳求，直至熙攘的人流将他团团围住，又将他推走，他就像激流中一块即将下沉的木板，尽管不断地晃动、旋转、抗拒，最终还是被汹涌的河水冲走了。

这个人曾经做过她的情人，她现在突然觉得这完全是一件荒谬绝伦的事。她对这个人已经什么都想不起来了，既想不起他眼睛的颜色，也想不起他的脸形，她已经不记得和他有过肉体上的温存，除了支支吾吾、满心绝望说的"可是伊蕾娜……"那句叫人悲叹，充满女人气，奴性十足的话之外，他已经没有任何话在她耳边回响了。那么多天来，尽管他是一切不幸的根源，但她一次都没有想到过，更没有梦到过他。对她的生活而言，他已经什么都不是，既没有任何吸引力，也几乎没有留下任何记忆。伊蕾娜觉得不可思议的是，自己的唇竟然曾经接触过他的嘴，她敢在心里发誓，自己从来就没有属于过他。究竟是什么驱使她投向他的怀抱？究竟是何种可怕的疯狂将她卷入这件风流韵事？她自己的心中都无法理解，她所有的感官也难以理解。她似乎对此事一无所知，这件事的一切她都觉得很陌生，甚至觉得自己也很陌生。

可是在这六天时间里，在这恐怖的一周里，所有其他的一切是否也变样了呢？那种腐蚀性的恐惧像硝酸一样分解她的生活，使它的元素分离。那些东西突然有了其他重力，所有的数值已经调换，所有的内在关系已经混乱。她觉得一直以来，自己似乎仅仅带着一种朦胧的感觉，半闭着眼睛摸索自己的人生，可现在，那里面的一切在一种美轮美奂的清澈之下突然闪闪发光，出现在她面前的是那些她从未接触过的东西，她从中突然明白了，那才是她真正的生活，而所有其他在她看来至关重要的东西都成了过眼云烟。到目前为止，她始终是在仅仅为自己这样的人提供的场所里过着一种热闹非凡的社交生活，那是有钱人圈子里一个喧闹而健谈的集体。可现在，她已经在自己家的高墙内度过了一个星期，不仅不觉得没有它们自己就无法生活，反而对这种无所事事者空虚的忙碌生活感到厌恶。她凭借第一次获得的强烈感觉，情不自禁地对自己一直以来肤浅的兴趣爱好和对工作的不屑一顾进行估量。她看到了自己的过去，就像看到了深渊一样。结婚八年，她沉浸在一种太过微不足道的幸福幻想中，从来没有亲近过丈夫，她对他最内在的本性感到陌生，对自己的孩子也有同感。家里请来的几个人横亘在她和他们中间，家庭女教师和仆人可以解决她所有的后顾之忧。现在，自从她更近地观察到孩子们的生活之后，她才开始预感到这些后顾之忧要比丈夫热烈的目光更有魅力，要比一次拥抱更为愉快。她的生活慢慢有了变化，开始有了崭新的意义，一切都建立了崭新的关系，她的面容也在倏忽之间变得严肃而意味深长。自从认识到危险的来临，并随之认识到什么是真正的情感之后，所有的东西，包括最陌生的东西——开始和她融合在一起，她能在所有这一切中感受到自己。而这个世界呢，先前还像玻璃一样透明，如今在她黑色阴影的表面突然变成了一面镜子。她往哪儿看，她往哪儿听，现实转眼间就会展现在她的眼前。

她坐在孩子们中间，那位家庭女教师在给他们朗诵一篇关于公主的童话。公主可以察看宫殿里的所有房间，但只有一个房间不能打开，就是用银锁锁住的那个房间。可她还是打开了那个房间，于是灾难临头了。这难道不正是她自己的命运吗？自己不同样是只不过偷吃了禁果，便落入悲惨境地的吗？一周前她还觉得这篇小童话多么幼稚可笑，现在却觉得它真是充满了智慧。报上刊登过一个故事，有一位官员因为经不住敲诈，竟然成了一名告密者。她感到不寒而栗，同时也对此表示理解。只要能弄到钱，只要能买来几天安宁的日子和一点儿快乐，自己究竟会不会做出同样丧心病狂的事呢？童话里提到自杀的每一行文字，每一桩罪行，每一种绝望，她觉得都变成了耸人听闻的事件。那个"我"在对她诉说着一切，故事中的厌世者、绝望者、受引诱的女佣以及那个遭遗弃的孩子，一切仿佛都是她自己的命运。她忽然发觉自己的生活真是富足啊，自己的一生中从没有遇到过一个小时的贫穷，可现在，等到故事行将结束，她才发觉自己的故事又要从头再来了。难道这样一个下三烂女人，竟然有权用她粗笨的拳头砸烂自己所有的恩恩怨怨和周围绚丽多彩的世界吗？难道就因为自己的一个罪过，所有那些自己能够当之无愧的伟大和美丽就应当遭到毁灭吗？

可为什么——自己在竭力阻止灾难的发生，自己这么做完全合乎情理——为什么自己犯了那么微不足道的罪过，就要遭受如此可怕的惩罚呢？她认识多少女人啊，她们追求虚荣，厚颜无耻，贪图淫欲，甚至将情人视为金库，在他们的怀抱里嘲弄自己的丈夫，这些女人就像生活在自己家里一样生活在谎言里，她们在伪装时更美丽，在被追踪时更坚强，在危险时更聪明，可自己却在面临第一次恐惧的时候，在第一次犯错的时候便莫名其妙地崩溃了。

可是，难道她真是个罪人吗？她从内心深处感觉到，自己对这个人，对这个情人很陌生，她从来不曾将自己真正的生活奉献给他。她没有收到过他任何东西，自己也不曾送过他任何礼物。所有那些过去了的和被遗忘了的事，绝对不是她犯下的罪，而是另外一个女人犯下的，她自己都不懂这个女人，也无法重新回想起这个女人。难道人们可以惩罚一种随着时间的流逝早已被赎过罪的过错吗？

伊蕾娜突然惊骇起来，她觉得这已经完全不是自己的想法了。这些话究竟是谁说的？反正是她身边的某个人在几天前说的。她回想着，当想到原来是自己丈夫的话激发起她心里的这种想法时，她着实吃惊不小。那天丈夫参加了一个诉讼，回家后情绪激动得面色煞白。这个素来沉默寡言的人突然对她和偶然来访的朋友说道："今天一个无辜者被判了刑。"在她和朋友的追问下，他十分激动地叙述起来：有一名小偷刚刚为三年前犯下的一起盗窃罪受到惩处，他认为这是不公平的，因为虽说这个人三年前犯下了罪案，但事隔三年之后，他已经不再是原来的那个人了。他们这是在惩罚另一个人，而且是在加倍惩罚他，因为他始终生活在恐惧的高墙内，而且是在知道自己有罪的惶惶不可终日中度过了漫长的三载春秋。

她不无后悔地想起自己当时还反驳过他。自己仅仅凭着缺乏生活经验的感觉，便认定那名罪犯始终不过是舒适的市民阶层里的害虫，必须不惜一切代价地将他彻底消灭掉。现在她才发觉自己的论断是多么可悲，丈夫的论断又是多么宽容而公正。可是丈夫真的能够明白她的处境吗？真的明白她爱的不是一个人，而是这种冒险吗？他是否因为宽容太多，因为在她周围提供了那种叫人越来越懒散的舒心环境，而成了同谋犯呢？如果他作为法官，是否也能正确对待自己家里的事务呢？

叫人担心的是，她不可能再有什么指望了。因为就在第二天，又来了一张便条，她像是又遭受了一次鞭笞一样，逐渐减弱了的恐惧又重新惊醒。这一次索要两百克朗，她没有讨价还价就给了人家。让她感到可怕的是，敲诈的金额急剧上升，她感到自己财力上已经难以应付，虽说自己生活在一个富有的家庭，但也无法悄悄地弄到偌大数目的钱。再以后又会如何呢？她明白，也许明天就是四百克朗，很快就是一千，甚至更多，她给的越多，那么到头来，一旦凑不到那么多钱，匿名信又会过来，她就该玩完了。她所买到的仅仅是时间，喘口气的时间，休息两三天的时间，也许有一个星期的时间，但这是一段一文不值的时间，充满了痛苦和紧张。她心情烦躁地在噩梦中睡觉已经有一个多星期了，做梦要比清醒状态时更要命，她缺乏的是新鲜的空气，自由的活动，宁静的心情，忙碌的工作。她看不进去书，什么事情都没法做，像魔鬼附身似的被内心的恐惧追逐着。她觉得自己病了。有时候，她不得不突然坐下来，因为心跳太剧烈，一种沉重的惶恐不安如同黏稠的汁液一般充满她的全身，那种疲惫不堪可谓痛苦至极，使她无法安然入睡。她的整个生活被不断蔓延的恐惧破坏了，身体也被击垮了。其实她内心深处渴望的是这种生病的症状能够最终爆发出来，成为一种看得见的痛苦，一种摸得到、看得见的真正临床疾病，那样人们便会对这种病症给予同情和怜惜之心。在被地狱般的痛苦折磨的时刻，她开始羡慕起那些生病的人来了。如果自己能在一家疗养院里待着该有多好啊，躺在白色墙壁之间的白色床铺上，大家过来看望她，每个人都对她彬彬有礼，身边被怜悯和鲜花簇拥着，那样自己就会如同拨云见日一般，尽快摆脱病痛的困扰，恢复健康的身体了。人家有痛苦，好歹还能够大吼大叫一番，可她必须不停地扮演一个快乐的正常人的角色，而每一天，乃至每一小时都可能在她身上发生新的可怕的情况。哪怕神经在颤抖，她也得装作高兴的样子，可又有谁能想到她这样强颜欢笑花了多少努力？她现在每天只能将自己英雄般的力量浪费在这种徒劳无益的自我施暴上。

　　她觉得在她身边所有的人中，只有丈夫一个人似乎多少揣测到了她的可怕遭遇，而丈夫之所以能这样，无非是因为他始终在暗中监视她的一举一动。她觉得丈夫在不停地关心她，正如自己也在不停地关心他一样，有了这种自信的判断，就迫使她加倍小心翼翼了。他们昼夜都在对方身边神出鬼没，似乎彼此在打埋伏，好窥探到对方的秘密，而将自己的秘密隐藏在背后。最近一段时间，她丈夫也变了个样子，刚开始几天那种恐吓性的盘根究底式的严厉风格已经消失，取而代之的是一种特别的宽容和担忧，这不由得让她想起新婚燕尔的日子来。他现在像对待病人一样地对待她，那种无微不至的关怀弄得她神魂颠倒，她都因为这种受之有愧的爱而感到难为情了。另一方面，她却又对这样的爱深感惶恐，因为它很有可能意味着一种诡计，好在猝不及防的时刻从她松弛无力的手中突然夺走她的秘密。自从那天夜里偷听到她的梦话，还有那天看到她手里的那封信之后，他的猜疑像是变成了同情，他含情脉脉地争取她的信任，为的是在下一瞬间重新听从于这种怀疑。他的温情往往能使她顺从地平静下来，但它可能仅仅是一种诡计，是预审法官诱惑被告的一种圈套，是骗取被告信任的一种陷阱，它可以突破被告的防线，紧接着突然一击，令其毫无招架之力，任凭他随意摆布吗？也可能他心里感觉到这种愈发频繁的窥探和偷听是一种令人无法忍受的状况，他是那么富有怜悯之心，甚至自己也在悄悄地为她日益明显的痛苦而受尽折磨。她发觉丈夫有时会向她说上一句打破僵局的话，让她觉得招供简单得迷人。她明白他的意图，对他的善意深表感激。可她也察觉到，随着对他的好感逐渐加深，她在他面前的羞耻心也在不断滋长，以至她的口风反而比从前不信任他时更严实了。

在那些日子里，有一天，他跟她面对面地谈过一次话，谈得非常透彻。那天她从外面回来，在客厅里听到高声叫嚷的声音，那是丈夫刺耳而有力的声音，还听到家庭女教师在吵吵嚷嚷地唠叨什么，其间还传来啼哭声，她的第一个感觉就是惊慌。每当听到家里有人大声说话或者情绪激动时，她就会吓得直打寒战，因为她要对发生的不寻常的一切做出回答。她对此感到恐惧，这种抑制不住的恐惧告诉她，那封信又来了，秘密被揭穿了。每次进门的时候，她总是先用疑惑的目光扫视每个人的脸，想知道自己不在家时是不是发生了什么事，灾难有没有在她外出的时候从天而降。这次等弄明白只是因为孩子们吵架而临时安排了一次小小的审判，她的心才镇定下来。几天前，一个姑妈送给儿子一件玩具，那是一匹小花马，女儿因为拿到的是差一点儿的礼物，所以既妒忌，又生气。她迫不及待地提出自己对小花马拥有同等的权利，结果以失败告终，哥哥压根儿连碰都不让妹妹碰，惹得女孩先是固执地大吵大闹，然后就无奈地默默无言了。可到了第二天，那匹小花马消失得无影无踪，男孩遍寻不见，最后有人无意间在壁炉里发现了它残剩的碎片。小花马的木头支架折断了，彩色的毛皮撕掉了，连肚子里的东西也被掏了出来。嫌疑自然就落到了女孩身上，男孩大哭大闹着向父亲告发恶毒的妹妹，而妹妹呢，不可能不做自我辩解，于是审讯就开始了。

伊蕾娜突然心生妒忌，为什么孩子们一有事就去找他，却从不来找自己呢？他们一向都是把所有争执和抱怨向丈夫诉说，原先她一直很高兴自己能够摆脱这些不愉快的小事，可现在她突然心有不甘，因为她从中感受到了孩子们对父亲的爱和信任。

这次小小的审判很快就做出了判决。女孩起先矢口否认，自然是羞愧地垂下目光，因为怕露出马脚，连说话的声音都在颤抖。家庭女教师作证，她听见女孩子一气之下威胁说要将小花马扔出窗外，女孩竭力否认，但还是徒然。场面乱哄哄的，有啜泣，也有绝望。伊蕾娜凝视着丈夫，她觉得他好像不是在审判女儿，而是在审判自己，因为或许明天她就会站在丈夫面前，声音里带着同样的颤抖和同样的哽咽。丈夫起初目光严厉，只要女孩坚持撒谎，他就逐字逐句地加以驳斥，迫使她放弃反抗，哪怕她一次次拒绝，他也始终不生气。可到后来，当女孩的否认变成不讲道理的顽固不化时，他开始好心好意地开导她，直截了当地表示她这种行为有其心理上的必然性，她起初在一怒之下草率地做出这种可恶的事情，从某种程度上也是可以原谅的，因为她根本没有想到自己这么做实际上是多么伤了哥哥的心。他进而和颜悦色、语重心长地向越来越没有自信的女儿解释说，她的行为尽管是可以理解的，但也是必须受到谴责的。这么一说，女孩子终于开始疯狂地号啕大哭起来，一会儿工夫，她就哭得泪流满面，支支吾吾地承认了自己犯下的过错。

伊蕾娜急忙冲过去，想拥抱已经哭成泪人的女儿，可小女孩气呼呼地一把推开了她。丈夫也提醒她不该这么着急地表示怜悯，他可不想没有任何惩罚就让此事了结，因此他做出惩罚决定：不允许女儿明天参加一项她盼望了好几个星期的大型活动。这虽然算不上什么了不得的惩罚，但对一个孩子来说却是很要命的了。女孩一听到这一判决，立刻痛哭起来，男孩则开始兴高采烈地庆祝自己的胜利。但他那种尖酸刻薄的嘲讽流露得太早了，于是很快被同样卷入了受罚的行列，因为他的幸灾乐祸，父亲也取消了他参加这项儿童盛会的许可。两个人都很伤心，但因为一起受罚又都感到安慰，最后，两个孩子离开了，只留下伊蕾娜和丈夫待在那里。

伊蕾娜突然觉得现在自己终于有了机会，可以借谈论女儿的过错和认错作幌子，来谈谈自己的过错了。她忽然有了一种如释重负的感觉，至少可以婉转地进行忏悔，请求丈夫的怜悯。因为她觉得他能否接受自己为孩子说情，就像是一种预兆，可以据此知道能不能鼓起勇气为自己说情了。

"弗里茨，"她开始说道，"你真的不想让两个孩子参加明天的活动吗？他们会很不开心的，尤其是女儿，她干的事根本就不算什么，为什么你要给她如此重的惩罚呢？难道你就不为她感到惋惜吗？"

丈夫朝她望了一眼，然后从容地坐了下来，他显然很乐意和她更为详尽地探讨这个话题。有一种预感让她既高兴，又害怕，她猜测他要逐字逐句地反驳她了。她心里只是期待他的停顿早点结束，他可能是在费力思考，或是故意将这个停顿延伸得特别长吧。

"你问我是不是替她感到惋惜？我的回答是：今天不会。她受到惩罚之后，现在心情好多了，尽管她还是有一些伤心，但她昨天很不快乐，因为那匹可怜的小花马被断了手脚塞进壁炉里，家里所有的人都在四处寻找，而她一天到晚担心可能或者肯定会被人发现。这种恐惧要比惩罚更坏，因为惩罚可谓多少有了定论，总要比可怕的未知的东西强，比这种恐惧得没完没了的紧张强。知道自己的惩罚之后，她就会感到很轻松，千万别让她的哭泣把你弄糊涂了。她现在已经说出来了，而原先是埋在心里，埋在心里要比说出来更不是滋味。我认为如果她不是孩子的话，或者说如果我们以某种方式看到她最终的结果，那么一定会发现，尽管她受到了惩罚，而且痛哭流涕，其实她感到很高兴，而且无疑要比昨天更为高兴，虽然她当时似乎无忧无虑地走来走去，谁也没有怀疑她。"

她抬起头来看了看，觉得好像丈夫的每一句话都是针对自己说的，可丈夫似乎是误解了她的举动，或许根本没注意到她，丈夫更加干净利落地继续说道："情况的确就是如此，你可以相信我。这一点我是从法庭和案件审理中认识到的。被告因为想隐瞒事实真相，因为面临被查出的威胁，因为遭到可怕的胁迫，不得不抵抗成百上千个暗藏的攻击来维护自己的谎言，所以遭受的折磨最严酷。看到这样的案件很可怕，法官在那里早已将有关被告的一切尽收囊中，罪行、证据，也许甚至连判决在内，只是还没拿到供词，这个在被告手里，不管法官如何施压，被告始终不肯坦白。看到被告转弯抹角或是藏头露尾真是恐怖，因为要想让他说出'是'字，就必须像用一把钩子撕扯那个正在违抗的肉体一样。有时候，这个'是'字已经到了喉咙口，内心深处有一种难以抗拒的力量把它挤到了上面，害得他们透不过气来。这个字就快要吐出来了，这时候，一股邪恶的力量，一种不可思议的集顽固与恐惧于一身的感觉突然向被告袭来，于是被告又把这个字吞了下去，斗争又必须重新开始。法官受折磨的程度往往更甚于被告，但这些被告却总是把他视为仇敌，然而事实上他是被告的助手。我作为律师，作为辩护人，本来应该警告我的当事人，千万别招供，要将撒谎和圆谎进行到底，可我心里往往不敢这么做，因为他们不招供比招供和受到惩处更痛苦。其实我始终不明白，一个人既然可以去意识到风险而去犯罪，可为什么就没有勇气承认自己犯下的罪行呢？这种不敢说出'是'字的小恐惧，我觉得要比犯下的任何罪行本身更为可悲。"

"你认为……这始终是……始终只是恐惧……在阻碍他们认罪吗？难道……难道就不是羞耻之心……那种害怕被撕下伪装暴露在……在众人面前的羞耻心吗？"

丈夫惊讶地抬起头来望了她一眼。他一向不习惯从她那里得到答案，但这句话令他着迷。

"你说……这……这真的只不过是一种羞耻心？……这是一种比较好的解释……一种不是害怕惩罚，而是……不错，我明白……"

他站了起来，来回踱着步子，心情异常激动。伊蕾娜的话似乎触动了他心里的某个东西，顿时让他心潮起伏，无法平静。他突然站住不动了。

"我承认……罪犯在他人面前，在陌生人面前……在那些下里巴人面前是会感到羞耻，虽然他们平时从报纸上欣赏陌生人的悲惨遭遇时，就像大口咀嚼黄油面包一样……可正因为如此，他们可能至少会向和自己关系亲近的人坦白吧……你还记得那个纵火犯吗？我去年给他做过辩护……他对我有着特别的好感……什么事都对我讲，小时候的那些小故事……甚至是私密性的话题……你瞧，他肯定犯了罪，他也因此被判了刑……可是他并没有向我供认他的罪行……这同样是恐惧作怪……不是羞耻心。因为他确实很信任我……如果他在生活中会对什么人表示出类似友情的东西，我想，我就是他那个唯一的表达对象……也就是说，他不向我供认罪行并不是出于陌生人面前感到的那种羞耻心……他真正能够信赖的究竟又是什么呢？"

"或许，"伊蕾娜不得不把目光转过去，因为丈夫那双眼睛在盯着她，她感觉自己的声音在颤抖，"或许……这种羞耻之心在……自认为最亲近的人面前……最厉害。"

他突然停下了脚步，内心好像被一种强大的力量攥住了。

"那你是说……你说……"他的声音忽然变样了，变得非常温柔，非常低沉，"你是说……海伦妮……可能更容易对另外一个人承认自己的错误……也许对我们的家庭女教师……她……"

"这一点我相信……她只是偏偏对你有着太多的抗拒吧……因为……因为你的判决对她最为重要……因为……因为……

她……最爱你……"

他又一次站住不动了。

"你……你或许说得对……不错，甚至肯定是对的……这可真奇怪……我从来没有想到过这一点……这不是很简单吗……我可能太严厉了，你是了解我的……我不是这个意思。不过我明天会带她去的……她当然可以参加……我本来只是想惩罚她的固执、她的反抗，以及……以及她对我的不信任……不过你是对的，我不希望你认为我不会原谅人……我不希望那样……恰恰是因为你我才不想那么做，伊蕾娜……"

丈夫注视着她，她感觉自己被看得脸都红了。他这么说话是故意，还是巧合？一个危险的巧合？她觉得自己真的不敢做出这困难的判断。

"刚才的判决已经被撤销了，"丈夫的口气似乎显得轻松愉快起来，"海伦妮自由了，我亲自过去通知她。你现在可以对我满意了吧？难道你还有什么其他要求？……你……你瞧……你瞧，我今天气量大吧……我很高兴能够及时承认这是一个错误，因为我总是会设法减轻一个人的精神负担的，伊蕾娜，总是……"

她以为自己明白丈夫这种强调是什么意思了。她不由自主地向他渐渐走近，觉得话就要从心头涌出来了，他也慢慢地向她走来，像是要急切地从她手里接过明显让她感到心情沉重的什么东西。这时，他的目光和她的目光相遇了，他的目光里含着心急如焚的渴望，渴望她的坦白，渴望了解她本性上的东

55

西。但她内心的勇气顷刻间崩溃了，两手无力地放了下来，接着她把身子转了过去。她觉得这是毫无结果的，自己永远无法说出这句话来，尽管这一句能让她解脱的话在心里燃烧，使她永无安宁。警告就像近在眼前的雷声隆隆作响，可她知道自己是无从解脱了。她内心最隐秘的愿望，就是盼望着那迄今为止一直让她心惊肉跳的东西，那可以使自己获得拯救的闪电的出现：让真相大白于天下。

伊蕾娜的愿望似乎马上就要实现了，比她预料的还要快。现在内心的挣扎已经持续了十四天，而且她也感到自己精疲力竭了。到今天，那个女人没有过来打扰她已有四天时间了，可那种恐惧感却总是如此深入地渗透在她的肉体中，如此残酷地折磨她的心灵。每当门铃声响起，她总是立刻跳起来，好让自己及时截取敲诈勒索的信息。有一种几近于朝思暮想的焦躁包含在这种欲望里，因为每次一付款，她真的就可以买到一个晚上的安宁，和孩子欢度的几个小时，或者一次外出散步。这样她就可以有一个晚上或是一天的时间轻轻松松地舒口气了，可以到街上逛逛，去看看朋友。可是睡眠很狡猾，它坚持要从持续临近的危险周围获得清醒的意识，以欺骗的方式剥夺你那少得可怜的安慰，到了夜里就会让连连噩梦充满你周身的血液。

这一回听到门铃声响起，她又是猛的冲过去想开门，想必她自己也早已了然于胸，这种担心仆人赶在她前面的心神不宁一定会引起怀疑，很容易诱使人们做出不怀好意的猜测。可是那些处心积虑的掩饰是多么软弱无力啊,每当听到电话铃声,听到大街上自己身后的脚步声,或者听到门铃声,她整个身体又会像挨了鞭子抽打似的一跃而起。这次她听到传来一阵门铃声,于是急匆匆奔到门口。她打开房门,第一眼看到是一个陌生女人时,她感到很惊讶,但过了一会儿,她吓得朝后一退,认出眼前依然是那个敲诈勒索女人的丑陋面孔,只不过她换上了新衣服,戴了一顶很有风度的帽子。

"噢,原来就是您啊,瓦格纳夫人,我真是太高兴了。我有重要的事情找您。"伊蕾娜惊恐万状,手颤抖着扶住门把手,还没开口回答,她便进来了,将伞放到一边。这是一把刺眼的红阳伞,显然是她从敲诈勒索的强盗行径中赚来的战利品。她满不在乎地在房间里走动,打量着室内的各种豪华陈设,仿佛是在自己的家里一样。她兴致勃勃但却镇定自若地继续向前,穿过半开着的门来到会客室里。"从这里进去,是吗?"她问道,讥讽里含着克制。处在惊恐中的伊蕾娜正想拒绝,可还没说出话,她又镇静地补充道:"如果您觉得心里不痛快,那我们可以赶紧把这事办了。"

伊蕾娜不声不响地跟在她后面,一想到这个敲诈的女人待在自己的家里,想到这种肆无忌惮的行为超出了自己最可怕的猜测,她顿时感到头晕目眩,觉得一切好像在梦里一样。

"您这儿的日子过得很好嘛,太好了!"女人坐下来时赞叹道,明显感到很愉快,"哦,坐在这里多好呀,而且还有好多画。只有到了这里我才知道我们这些人是多么可怜。您的日子过得多么好啊，真是太好了，瓦格纳夫人。"

看到这个罪犯如此乐不可支地待在自己家里，满腔愤怒终于在受尽折磨的伊蕾娜身上爆发了。"你究竟想干什么，你这个敲诈勒索的女人！你一直跟踪到我家里。可我不会让你折磨我到死的我会……"

"您不用那么大声叫嚷，"那女人打断她的话，露出一副揶揄的表情，"门不是开着吗？仆人们会听见您说话的。这可不是我的错。我真的不想否认什么，我的上帝，我就是蹲大牢也不会比过现在这种生活更惨了。可是您，瓦格纳夫人，您可得要小心一些了。如果您忍不住要发脾气的话，我们不妨关起门来说话。不过我有言在先，您想骂人我可不怕。"

可是伊蕾娜的气势只是因为愤怒而坚持了一会儿，在这个无所顾忌的女人面前，马上失去了招架之力。她惴惴不安地站在那里，老老实实得活像一个听候完成某项任务的孩子。

"那好，瓦格纳夫人，不用拐弯抹角了。您知道我过得不好，这我早就跟您说过。我现在需要钱付房租，因为已经拖欠很久了，而且其他方面还有花费。我想总得让自己过得体面一点儿，所以今天到您这里来，您只好帮衬我一把，喏，只要四百克朗就行。"

"我没法给你。"伊蕾娜支支吾吾地说道，她被这个数目吓坏了。她手头真的没有那么多现金。"我现在没那么多钱。这个月我已经给过你三百克朗了。你说我究竟到哪儿去弄钱啊？"

"嗯，这个没问题，您好好想一想就成。像您这样的阔太太，还不是想要多少钱就能有多少钱吗？但自己得愿意去想办法才行。您再好好想一想吧，瓦格纳夫人，这个没问题。"

"真的没钱。我倒是很愿意给你，可那么多钱我真的没有。我可以给你……或许一百克朗……"

"刚才说过了，我需要的是四百克朗。"那女人粗暴地脱口而出，倒像是自己被无理要求冒犯了似的。

"可我没有钱！"伊蕾娜绝望地叫道。假如丈夫现在回来，那该怎么办呢？她知道丈夫是每时每刻都可能会回来的。"我向你发誓，我没有……"

"那您再想法凑凑吧……"

"我不可能……"

那个女人从头到脚地打量她，好像在估摸她这一身装扮值多少钱似的。"喏……比如这只戒指……只要把它典当出去，马上就行了。不过我对金银首饰不是很在行……我确实从来没有过这种玩意儿……但四百克朗，我想还是值的吧……"

"把这只戒指当掉？"伊蕾娜突然喊叫起来。这是她的订婚戒指，她唯一从来不曾摘下来过的戒指，它价值连城，上面镶有一颗名贵而漂亮的宝石。"喏，为什么不当掉呢？我可以把当票给您送过来，以后什么时候您想把它赎回来了，不就又把它弄到手了吗？我是不会把它放着的，像我这样的穷人，要这样一只昂贵的戒指有什么用处呢？"

"你为什么要跟踪我？为什么要折磨我？我不能……我不能。这你可得理解……你瞧，我已经做了力所能及的事。这你可得理解你就发发慈悲吧!"

"还没有人对我发过慈悲呢。我饿得差点儿翘辫子,为什么偏偏要我对一个阔太太发慈悲呢?"

伊蕾娜真想猛烈地反驳她,可就在这紧要关口,她听见外面有一扇门"砰"的一声关上了。她的血都快要凝固了,想必是丈夫下班回来了。她一点儿都没有考虑,迅疾从手指上扯下那只戒指,塞进那个女人的手里。女人赶紧将戒指藏了起来。

"您别害怕,我这就走。"那个女人点点头说道,她注意到伊蕾娜的脸上现出一种不可名状的恐惧,正急切地对着客厅凝神谛听,男人的脚步声果然清晰可闻。女人打开门,向走进来的伊蕾娜的丈夫打了声招呼就离开了房间,他只是抬头望了她一眼,似乎并没有对她特别加以注意。

"这位太太是过来打听消息的。"伊蕾娜随手关上房门之后解释道。最要命的一瞬间总算挨过去了,丈夫没有应答,平心静气地走进了已经摆好午饭的房间。

伊蕾娜觉得手指上原本被凉飕飕的戒指保护着的那个地方好像有一股气流在燃烧,每个人必定会朝那个裸露的地方瞧个明白,像看烙在罪犯身上的烙印那样。吃饭的时候,她老是把那只手藏起来,心里一边嘲笑自己这种让人怀疑的过度紧张,因为她感觉丈夫的目光似乎在一刻不停地朝她的手扫视,她的手挪动到哪儿,他的目光就会跟踪到哪儿。她想方设法分散他的注意力,不断地提问,试图让谈话不致中断。她不停地对他说,对两个孩子说,对家庭女教师说,她一再用提问的小火焰燃起他们谈话的热情,但她的呼吸总是不够用,胸口总是透不过气来。她努力表现出忘乎所以的样子,竭力让他们也一起兴高采烈,她和孩子们开玩笑,唆使他们互相挑逗,但他们并没有争打起来,也没有笑起来,因此她也感觉到了一点,肯定是自己的欢声笑语中有什么不对劲的地方,让他们不知不觉地感到奇怪。她越是试图引起大家笑,这种企图就越少成功的几率。终于,她感到筋疲力尽,开始一声不吭了。

他们也都默默无言。她仅仅能听见盘子轻轻的"叮当"声和她内心发出的越来越恐惧的声音。就在这时,她丈夫忽然问道:"今天你的戒指究竟到哪去了?"

她顿时大惊失色,有一句话突然在心里大声说了出来:完了!但她的本能还在拼命抵抗。她感觉到现在必须全力以赴了,现在在需要说出一句话,只要一句话。需要找到一句谎言,最后的一句谎言。

"我……我把它送到外面清洗去了。"

她似乎是为了让谎话变得更加可信,又斩钉截铁地补充道:"后天我就把它取回来。"后天?现在她被自己束缚住了。一旦后天拿不回戒指,谎言就会被戳穿,她本人也无以幸免了。现在她已给自己下达了期限,所有这些茫然失措的恐惧现在突然使她有了一种全新的感觉,一种知道自己快要做出抉择的幸福感觉。后天!现在她知道自己的期限了,她真真切切地感觉到一种异样的镇静,将她的恐惧心理淹没了。有一种东西突然出现在她的心中,那是一种新的力量——求生的力量和寻死的力量。

终于清清楚楚地意识到自己快要做出抉择，反倒让她心里豁然开朗起来。先前的烦躁不安不可思议地让位于清晰的思维，先前的恐惧让位于连她自己都觉得陌生的水晶般透明的镇静。有了这种镇静，她突然看清楚了自己生活中的所有东西及其真正的价值所在。她估量自己的生活，觉得这种估量总是很难。倘若可以继续这种生活，可以赋予这种生活崭新而崇高的意义——这是充满恐惧的那些日子教给她的，倘若能够重新开始，清清白白、信心十足、没有谎言，她感觉自己是心甘情愿的。但如果作为一个离婚女人，一个犯过通奸罪的女人，一个已经被丑闻败坏了名誉的女人生活下去，她是没有那种勇气的。她也没有精力去继续这种冒险的游戏，没有精力去过一种靠收买得来的有时间期限的安宁生活。她觉得目前已经无法想象再进行什么反抗了，结局已经临近，自己面临被丈夫、被孩子、被周围的一切以及被自己抛弃的危险。在一个似乎无所不在的对手面前，她是不可能逃脱的。而"自首"这条可靠的出路，她深知自己绝不会去走。现在只剩下一条路是畅行无阻的，但这是一条没有回头的路。

可生活依旧是那么诱人。这一天是个充满浓郁的春天气息的日子，春天往往就是从冷冰冰的冬天怀抱里冲出来的。蓝天澄净如洗，在度过了冬天漫长的阴郁之后，人们像感受深呼吸般地纷纷感受着苍穹的高远。

孩子们穿着鲜艳的服装冲进家门，这还是他们今年第一次穿上那些衣裳。伊蕾娜不得不抑制自己的情绪，忍住眼泪应对他们情不自禁的欢呼。一等到孩子们的笑声和她痛苦的回响在心里渐渐消失，她便开始果断地实施自己的决定了。首先她想重新让那只戒指物归原主，因为正如她现在的命运所决定的那样，不能有任何嫌疑落入她的记忆之中，谁都不应该拥有她那些明显的罪证。无论是谁，尤其是她的孩子们，绝不能让他们预感到这一可怕的秘密，因为她已经从他们的手里夺走了它。意外的事是可能会发生的，这个谁也打不了包票。

她首先去了一家当铺，在那里当掉了一件几乎从来没有戴过的祖传首饰，换到了足够多的钱，好从那个女人手里重新赎回那只暴露秘密的戒指。口袋里有了现金，她感觉自己安全多了，于是在大街上随意地继续散步，因为她心里有一种渴望，希望遇见那个敲诈勒索的女人，而这件事是她到昨天为止最感到害怕的。空气暖洋洋的，和煦的阳光照在房子上，阵风将白云散在天空，春天的生气也融入了人们的生活节奏之中，他们现在要比那些绝望而阴郁的冬日更轻松愉快地大步向前了。死亡的念头昨天还飘荡在伊蕾娜的脑海里挥之不去，双手还紧张得难以摆脱颤抖，现在却突然变得如此不可思议，这种感觉竟然从她的所有感官中消失了。她心想，难道某个可恶女人的一句话，就可以将这闪闪发光的建筑，疾驶而过的汽车，欢声笑语的人们以及他们喜上眉梢的心情统统摧毁掉吗？难道一句话真能够熄灭无尽的火焰，让整个世界在人们的心脏里停止燃烧吗？她不停地走呀走呀，目光不再下垂，而是公然充满渴望地想最终找到那个她已经寻找了多时的女人。现在轮到受害者寻找猎手了，就像一只被追捕的弱小动物，当感觉自己无法逃脱时，便带着绝望的决心突然转过身来，做好迎击跟踪者的战斗准备一样，她现在要和折磨她的女人当面对质，拿出最后的力气进行搏斗。正是生命的本能将这样的勇气交给了绝望者。她故意站在平时那个女人惯于进行窥探的房子附近，有一次她甚至还急匆匆地穿越大街，因为她误以为看到的某个女人就是她要寻找的那个人。这早已不再是戒指本身的问题了，如果是为戒指而斗争，那它真的仅仅意味着拖延时间而不是解放，因此她渴望见到那个女人，就像渴望知晓命运的预兆一样。之所以做出这样的决定，是因为在她看来，这只戒指能否失而复得，将决定她的生死命运。可是在哪儿都找不见那个女人，那个女人就像洞里的老鼠一样，隐匿在大都市的滚滚人流中。伊蕾娜很失望，但还没有绝望，中午的时候她转回家去，为的是在午餐过后马上能够继续开始那毫无结果的寻找。她又一次在那些大街上搜寻，可现在因为在哪儿都找不见那个女人，几乎已经摆脱了的恐怖便又开始在她心里重新滋长。不再是惧怕这个人，不再是担心那只令她惴惴不安的戒指，而是惧怕那种在所有的相遇中令人不解的东西，那是用理智完全无法理解的。这女人像是有魔法一样，知道伊蕾娜的名字和她的家，知道伊蕾娜所有的时间安排和家庭经济状况，总是在最为恐怖和最为危险的时刻出现，好让自己在最合适的时刻突然消失。她肯定是在哪儿的一个喧嚣的洪流中，只要她愿意的话，她可以离得很近，可若是想见到她，却又是难上加难。这个无形的威胁，这个敲诈勒索的女人难以想象地隐藏在咫尺之遥，让伊蕾娜度日维艰。这种状况又无法摆脱，于是早已疲惫不堪的伊蕾娜便无可奈何地被置于愈来愈不可思议的恐惧中。伊蕾娜感到有一种更强大的恶魔在密谋毁灭她，对她暴露出的弱点进行冷嘲热讽，用敌对性的意外事件对她进行残酷打击。她神情紧张，迈着不安的步伐，始终在同一条大街上来来回回地走着，觉得自己就像是一个上街拉客的妓女一样，可她依然找不到那个人。此刻，唯有黑色不可一世地从天而降，春日的黄昏将天空中亮丽的色彩融入浑浊的暗淡中，夜晚就这样匆匆来临了。大街两旁的路灯亮了起来，人流越来越急地赶着回家，整个生活似乎消隐在了黑暗中。她来来回回又逛了几次，带着最后的希望沿着大街张望，然后沮丧地回头朝自己家走去，她已经冷得发抖了。

疲惫地走上楼去，她听到隔壁房间里孩子正准备上床睡觉，可她没去和他们互道晚安。一想到这个夜晚告别，她就觉得这是个永远的夜晚。现在何必还要去看孩子们呢？难道是为了在与他们纵情的亲吻中感受到纯真的快乐，在他们欢笑的脸蛋上感受到爱吗？事到如今，何必用一种早已逝去的欢乐折磨自己呢？她咬紧牙关想道：不，自己不想再从这种生活中感受到任何东西了，无论是让她牵挂着许多回忆的愉快的东西，抑或是欢笑的东西，因为到了明天，她将不得不突然撕碎所有这些关系。她现在只想到讨厌的东西，只想到丑恶无耻的东西，只想到那个敲诈勒索的女灾星，只想到那件让她坠入深渊的丑闻。

丈夫的归来打断了她阴郁而孤单的沉思。为了营造一种友好活跃的谈话氛围，他在言辞上尽力和她套近乎，不时地问长问短。某种烦躁不安的感觉使她无心回应丈夫这种突然体贴入微的关怀，一想到昨天的交谈，她便不想再说什么话了。某种内心的恐惧阻止她为了爱履行妻子的义务，为了同情让自己坚守。他似乎感觉到了她的抵触情绪，禁不住显得忧心如焚。她担心他出于关心再度亲近她，于是提前和他道了声晚安。听到丈夫也回答了一声"明天见"，她转身离开了。

明天，它是多么近在咫尺，又是多么远在天涯！她觉得这个不眠之夜邈远而阴森。街道上的喧嚣声渐渐沉寂下来，她从房间的反光中看到室外的灯光已经熄灭了。有时候，她觉得能够感受到其他房间里的呼吸声，感受到孩子们的生活，丈夫的生活，感受到那个近在眼前却又远在天边，几乎早已消失了的世界的生活，同时还感受到一种莫名的沉寂，这种沉寂既不来自大自然，也不来自周围，而是来自内心，来自神秘的汩汩流淌的清泉。她感觉被入殓后置于无尽的沉寂之中，感觉黑暗就像那看不见的天空压在她的胸口。生活中的喧闹往往要持续一段时间之后才渐渐沉入黑暗之中，然后夜晚就变得乌漆墨黑、了无生气了，她觉得自己第一次明白了这个空洞无垠的黑暗的意义。她现在不再去想道别和死亡的事了，而只想着能够从丈夫身边溜走，尽可能悄悄地从孩子们身边溜走，不至于暴露那耸人听闻的耻辱。她想过所有的出路，深知这些出路将引导她走向死亡，她也想过自我毁灭的种种可能性。终于，她突然又高兴又惶恐地想起自己有一次生病时疼得死去活来，因为失眠，医生给她开过吗啡的处方。那次她从一只小瓶子里一滴一滴服用这种带有酸甜味的药水，有人告诉她，这样的剂量足以让一个人安静地长眠。哦，不再遭人围追，可以安息，永远安息，心灵不再感觉到恐惧的敲打！这种安静长眠的念头强烈地刺激着她，她已经能感觉到唇边胆汁的味道和浑身酥软时的神志错乱了。她急忙起身，点了一盏灯。她马上找到了那只小瓶子，只是里面只装了大半瓶药，她担心这点剂量还不够，于是发疯似的仔细搜寻所有的药店，终于找到一家药房同意为她的处方提供大剂量配药。就像面对一张大面额纸币一样，她微笑着将药方折叠起来——现在她将死亡握在手里了。尽管冷得全身战栗，她却还是十分镇定，本想重新回到床上去，可当她从明亮的镜子前慢慢走过时，突然从黑色镜框里发现自己在和自己抗争着，长得像鬼一样，面容惨白，目光呆滞，身上披着一件白色睡衣，那睡衣仿佛是罩在尸体上的一袭床单。一阵惊恐向她袭来，她熄了灯，全身冰凉地逃回到那张孤零零的床上，却始终无法入眠，直至天色破晓。

上午，她烧掉了所有的信件，将各种琐事安排妥当，她尽可能避免看到孩子们，甚至不想看到所有她喜欢的一切。她现在只想远离这样的生活，因为这种生活用欢乐诱惑她，使她枉自犹豫，难以做出决定。她又一次走上大街，想最后一次碰碰运气，希望遇见那个敲诈的女人。她不知疲倦地在一条又一条大街上搜寻，越来越没有那种提心吊胆的感觉了。在她心里，某些东西早已疲倦，她已经没有勇气继续抗争了，她像是履行义务似的，不停地走了两个小时。不管在哪儿，她都见不到那个女人。这并没有让她感到痛苦，因为感觉全身乏力，她几乎都不想再见到她了。她朝行人的脸一一看去，觉得所有的人都很陌生，大家全都没有了生气，在某个方面全都麻木不仁了。不知怎的，她感到这一切已经变得遥不可及，无可救药，不再属于她了。

只是有一回，她吓得浑身颤抖，觉得好像自己回头察看的时候，在大街另一端熙熙攘攘的人群中发现了丈夫的目光，那种犀利、严肃、反感的目光，是她不久前才从他那里看到过的。她盯着那边望去，可那个身影眨眼间消失在一辆正好驶过的汽车后面，不过想到丈夫最近一段时间总是在法院里忙得不可开交，她心里也就镇静下来了。由于一直在惴惴不安地东张西望，她完全失去了时间观念，结果回来时已经过了午餐时间。不过丈夫也没有像平时一样及时到家，而是过了两分钟才回来，她觉得他显得稍稍有点激动。

现在，她计算着到晚上还有几个小时，让她大为惊讶的是，竟然还有那么多时间。同时她也感到奇怪，用来告别的时间其实并不需要很多，要是知道一个人无法带走任何东西，那一切也就没有多少价值了。想到这里，一种类似睡意朦胧的感觉向她袭来。她不由自主地重新走上街头，什么也不去想，什么也不去看，只是碰碰运气而已。走到一个十字路口，一名马车夫在最后一刻把马拽住，她这才发现自己差点儿和车辕相撞。马车夫骂了一句很难听的话，她听到以后身体都没转过来，就在心里想道：这或许是有救或者拖延时间的预兆吧，因为一旦出了交通事故，她就根本不用下定那个决心了。她费劲地继续向前走，如果能够什么也不用去想，心里只是觉得有一阵迷雾不知不觉地飘下来遮住一切，迷迷糊糊沉浸在末日来临的阴郁感之中，那也让人挺舒服的。

她随意抬头望了一眼街名，顿时吓得缩作了一团，因为她这样稀里糊涂地溜达，不经意间竟然快要走到那个前情人的家门口了。难道说这也是一个预兆吗？他或许还可以帮帮她，因为想必他知道那个女人的地址。她高兴得几乎全身发抖了，怎么以前就没想到这一点，没想到这个再简单不过的道理呢？她忽然觉得自己的五脏六腑又开始活跃起来，这一希望使她原本变得杂乱无章的迟钝思维得以重新开动起来。他现在一定会跟她到那个女人那里去，把那件事彻底了断。他一定会威吓她，让她立即停止这种敲诈的行径，甚至只要给她一笔钱就足以让她离开这座城市。她突然觉得很遗憾，最近对待这个可怜的情人太不好了，但他一定会对自己施以援手的，她对这一点很有信心。多么奇怪啊，救星现在才出现，现在，就在这最后的时刻！

她急匆匆地跑上楼去按门铃，但没人回应。她侧耳倾听，感觉似乎听到门后面传来蹑手蹑脚的脚步声。她又按了一次门铃，依然是没人响应。可她又一次听见里面传来轻手轻脚的声响。她再也忍不住了，开始不停地按铃，这可是事关她的生命啊。

终于，门后面有了一点儿动静，门锁发出"咔嚓"一声，一条细小的门缝打开了。"是我，"她赶紧说道。

他这才把门打开，像是大为吃惊的样子，"你是……是您……夫人，"他支支吾吾地显然不知所措了，"我……请您原谅……我……没料到……您过来……请原谅我的衣衫不整。"说完他指指卷起的衬衫袖子，他的衬衫半敞着，那是一件没有领子的衬衫。

"我有急事找您……您得帮我。"她激动地说道，此刻她就像一个乞丐似的，还一直站在外面的过道里，"您难道就不想让我进来说上两句话吗？"她愤愤不平地补充道。

"请进，"他尴尬地喃喃说道，目光闪向一边，"只是我现在……我没法……"

"您必须听我说。这可都是您的错，您有责任帮我……您得把那只戒指给我弄来，您得……或者您至少告诉我地址……她一直在跟踪我，现在她走了……您必须这么做，听到了吗？您必须这么做。"

他目瞪口呆地凝望她。伊蕾娜这才发觉，自己气喘吁吁说出来的话，完全是前言不搭后语。

"噢……您知道吗……您的女朋友，您的前女友，那个女人当时看到我从您家里出来,以后她就一直跟踪我,敲诈我……她要折磨我到死……现在她又拿走了我的戒指,可这个戒指我得要回来才行。今天晚上之前我得要回来,我说过今天晚上之前……您得帮我啊。"

"可是……可是我……"

"您帮我,还是不帮我?"

"可我根本不认识您说的那个人啊,我不知道您指的是谁,我永远不会和那些敲诈勒索的女人有任何瓜葛。"他说话的语气几近粗暴无礼了。

"是吗……您不认识她?这么说她是在凭空捏造。可她知道您的大名,知道我的家在哪儿。也许她的敲诈勒索也不是真的,也许我只是在做梦吧。"

她发出尖锐刺耳的笑声,他顿时感到不对劲起来。他马上想到可能是她发疯了,她的眼睛闪闪发光,行为举止都错乱了,说出来的话也前言不搭后语。他心惊肉跳地四顾张望。

"请您千万别紧张……夫人……我向您保证,是您搞错了。这绝对不可能,这一定是……不,连我自己都不明白。我不认识那样的女人,您知道,自从我暂时住在这里以后,和两个女人有过关系,但她们都不是那样的人……我不想列举任何名字出来,可……可这又是那么荒唐可笑……我向您保证,这肯定是一场误会……"

"这么说您是不愿意帮我了?"

"我当然会帮您……如果我能做到的话。"

"那……您过来。我们一起到她那里去。"说完,她一把抓住他的胳膊,他再次感到害怕起来,心想她一定是疯了。

"到谁那里……究竟到谁那里去?"

"到她那里……您倒是愿意去,还是不愿意去?"

"那当然……当然,"看到她步步紧逼,穷追不舍的样子,他对她的怀疑愈发强烈起来,"当然……当然……"

"那您来吧……这是事关我生死存亡的问题!"

他好不容易才没让自己露出微笑,紧接着,他突然变得一本正经起来。

"对不起,夫人……可眼下这一时半刻不行……我在给人上钢琴课……我现在没法中断上课……"

"是这样……是这样……"她对着他的脸发出尖厉的笑声,"您在给人上钢琴课……挽着衬衫袖子……你这个骗子。"可转眼之间,她被一种念头攫住,冷不防冲进屋子,高声吼叫道:"那个敲诈勒索的女人是在你家里吧?到头来你们是在唱双簧。说不定她从我那里敲诈来的东西,你们是一起平分的吧。可我要逮住她。我现在是天不怕地不怕的人了。"他抓住她,试图阻止她这么做,可她一把挣脱开,径直冲到卧室门口。

一个人影朝后退缩,显然是有人在门口偷听。伊蕾娜惊愕地注视着眼前这个陌生女人,她衣衫稍显紊乱,匆匆转过脸去。她的前情人奔到她们中间,阻止伊蕾娜轻举妄动,以免发生不测,他认为她一定是疯了。可伊蕾娜马上重新从房间里退了出来,"请原谅。"她喃喃地说道,脑子完全糊涂了,她什么也不明白，只是感到身心疲惫和恶心，没完没了的恶心。

"请原谅，"看到他烦躁不安地盯着自己，她又一次说道，"明天……明天您就什么都明白了。就是说，我……我自己都不明白。"她对他说话，仿佛在对一个陌生人说话。她想不起来自己当时是否认真听过他说话，她简直感觉不到自己身体的存在。此刻，一切变得更加稀里糊涂了，只有一点她很清楚，一定是哪儿有诈。可她累得没法再去想一下，累得没法再去看一眼。她闭着眼睛走下楼梯，仿佛是一个被送上断头台的死囚犯。

从大楼里走出来，街上已是漆黑一片了。她的脑海里突然闪过一个念头，也许她现在还在那儿等着，也许现在这最后一刻还有救。她觉得自己似乎应该双手合十，向被自己忘却了的上帝祷告。哦，只要还能买来几个月的时间就好，还有几个月时间就可以到夏天了，到了那时就可以生活在草地和原野之间，就可以在那个敲诈勒索的女人找不到的地方太平无事地度日了。仅仅一个完整而圆满的夏天，实在要比一个人的一生还值。她贪婪地在那条黑漆漆的大街上东张西望，好像看到有个人暗中守候在一幢大楼门口，可当她渐渐走近的时候，那个人就消失在过道的深处了。有一瞬间，她感觉这个人和自己的丈夫长得很像，突然在大街上觉察到他这个人，觉察到他的目光，使她今天第二次感到恐惧。她犹豫着是否要证实一下，可是人影已经消失在阴影中了。她不耐烦地继续向前走，觉得颈背上有一种奇特而又好奇的感觉，宛若身后有一双火辣辣的目光盯着看似的，她不由得转过身来，可并没有看到任何人。

药房就在不远处，她怀着一丝惊恐走了进去。助理药剂师拿起药方，准备配药。就在这个瞬间，她看到了一切：闪闪发光的天平秤，小巧玲珑的砝码，细小的标签，柜子上面一排排写着奇特的拉丁文的名贵药物。她本能地按照字母排列将那些名字逐个看了一遍。她听着钟表的"滴答"声，感觉得到那种药品特有的芳香和浓烈甜腻的味道。她忽然想起了小时候，总是央求母亲让她到药房去买药，因为她喜欢那种气味，喜欢看到各种各样闪耀着异彩的瓶瓶罐罐。记得有一回去买药，忘了和母亲说一声，结果可怜的母亲为她担心得不得了。正想到这里时，助理药剂师从一只大肚瓶中将一滴滴浅色药水灌进蓝色小瓶子里。她目不转睛地注视着死神从这只大瓶转移到那只小瓶里，心想死神不久又会从这只小瓶流入她的血管里的。想到这里，一种凉飕飕的感觉随即蔓延到了她的全身。药剂师用软木塞将装满了药水的瓶口塞紧，又用纸把这只危险的圆瓶包住，她像是梦游一般呆呆地凝视着他的手指，所有感官都被可怕的念头束缚得麻木了。

"请付钱，两克朗。"助理药剂师说道。她从麻木中回过神来，漫无目的地环顾四周，然后不自觉地将手伸进口袋掏钱。在她心里一切还像梦幻一样，她注视着那些硬币，居然没有能马上认出它们来，数钱的事自然无从谈起了。

就在这时候，她发觉自己的手臂被用力推到了一边，随即听到钱币落到玻璃碗中的"叮当"声。有一只手从她旁边伸过来,一把抓住了那只小瓶子。

她忍不住转过身去,目光立刻呆住了。原来是自己的丈夫站在那里,他嘴唇紧闭,脸色苍白,额头上的汗珠在闪烁着。她感觉自己快要晕厥过去了,不得不赶紧扶住桌子。这时,她突然醒悟过来,在大街上看到的那个人,黑暗中守候在大楼门口的那个人,原来就是他。其实她的心里早有这种预感,只是脑子却在那一瞬间糊涂了。

"过来。"他说道,声音低沉,令人窒息。她直愣愣地盯着他看,可令她感到惊讶的是,在她心里,在意识完全模糊的内心世界里,自己竟然在听从他的召唤。她的脚步紧跟着丈夫,连自己都不知道为什么。

他们并排穿过大街,谁也没有去看对方一眼,他手里始终抓住那只小瓶子。有一次他还停下脚步,擦拭自己湿漉漉的额头,她虽然并不心甘情愿,也不知道为什么不知不觉地放慢了步子。可她不敢朝他那边瞅,他们俩谁也不说话,街头的嘈杂声在他们之间高一浪低一浪地不断起伏。

到了楼梯口,他让她走在前面。可是只要他不走在她身边,她的双腿马上就会摇晃起来,她停下脚步,站住不动了。丈夫马上扶住她的胳膊,被他这一碰,伊蕾娜吓得直哆嗦,赶紧加速步伐,沿着最后几级楼梯向楼上奔去。

他跟在她后面走进房间,四面墙壁黑咕隆咚的,难以分辨周围的物体。他们依然不吭一声,他把包瓶子的纸扯下,打开小瓶，将里面的液体倒了出来，然后用力将瓶子扔到一个角落里，她被瓶子发出的声音吓得直打颤。

他们依然沉默无语。不用朝他那里瞅一眼，也可以感觉到他在克制自己的感情。终于，他向她慢慢走来，向她走近，走得越来越近了。她能感觉到他沉重的呼吸声，她张开呆滞的仿佛被云雾笼罩的眼睛，看着他的眼睛闪耀着光芒从房间的暗处向自己渐渐靠近，她在等着听他暴跳如雷的声音爆发出来。当他那只手一把抓住她时，她感到不寒而栗。伊蕾娜的心都快要停止跳动了，神经像绷紧的琴弦一样在颤动，一切都在等待着惩罚，她几乎是在盼望他愤怒发作。可他始终不发一言，她惊讶地发现，他是带着一股温情在向自己靠近。"伊蕾娜，"他说道，声音听起来格外温柔，"我们还要折磨自己多久呢？"

伊蕾娜突然爆发般地哭泣起来，这泪水几周以来一直积聚并埋在她的心底，一旦全部发泄出来，猛烈得俨然一只野兽在大声嘶嚎。有一只愤怒的手似乎从心里抓住她在猛烈地摇晃，她像一个醉鬼似的踉踉跄跄地走着，要不是丈夫扶住她，她恐怕早就倒下了。

"伊蕾娜，"他安慰道，"伊蕾娜，伊蕾娜，"他不停地呼唤她的名字，声音越来越低，越来越平静，似乎他觉得用这种愈来愈温柔的语调，就能平息她痉挛的神经和那绝望的内心骚动。可回答他的唯有她的哭泣，内心的狂乱和浑身饱受折磨的痛苦表情。他将这个抽搐着的身体扶到沙发上安顿好，可哭泣声并没有停息下来，像是受到了电击似的，泣不成声的痛哭流涕使她的身体不停地战栗,惊恐和寒冷的波涛流遍了她受尽折磨的全身。她已经忍无可忍地坚持了好几个星期,此刻她的神经崩溃了,痛苦肆无忌惮地在她麻木的肉体里横冲直撞。

丈夫异常激动地抓住她战栗不止的身体,握住她冰凉的双手,吻着她的衣服、她的脖颈,起先平静,继而疯狂,满怀担忧与深情,可她蜷缩的身体始终像有了一条裂痕似的不停抽搐,那终于迸发出的泪水从她体内"哗哗"地向上喷涌。他摸了下她的脸,脸被泪水冲刷得冰凉,感觉得到她太阳穴上的动脉在不停地敲击。一种不可名状的恐惧向他袭来,他跪下了,希望凑近她的脸说话。

"伊蕾娜,"他紧紧地拉住她的手,"你干吗还哭呢……现在……现在不是一切都已经过去了吗……你干吗还要折磨自己呢……你不用再感到害怕了……她永远不会再来,永远不会……"

她的身体又一次抽搐起来,丈夫用双手将她抱住,心里感到恐惧,因为他感觉到绝望正在撕扯她那遭受折磨的肉体,仿佛是自己将她谋杀了。他一刻不停地亲吻她,支支吾吾、语无伦次地说着对不起的话语。

"不……再也不会……我向你发誓……我真的没料到你竟然会害怕到如此程度……我只是想提醒你一声……提醒你回来尽自己的职责……只是想要你离开他……永远永远……回到我们身边……当我偶然听说这件事时,我真的别无选择……可我自己没法告诉你……我原以为……一直以为,你会回来的……正因为如此,我才打发她去的,让那个可怜的女人来敲诈

77

你……她是个可怜虫,一个演员,一个被解雇的……她本来不愿意做这种事,可我希望这样……我意识到这是错误的……可我是希望你回来啊……我不是一直在向你表明,我是准备着……除了你说一声道歉之外,我什么都不想要。可你没有明白我的意思……但是我又……我又不愿折磨你太过分……看到这一切,我比你还要痛苦……我观察你的每一个动作……只是为了孩子,你知道吗,我是因为孩子才不得不强迫你……现在一切真的都已经过去……现在一切都会好起来的……"

她昏昏沉沉地听着丈夫的每一句话,那些话从无尽的远方传来,听上去又离得很近,然而她却听不明白。有一种"嗡嗡"声在她心里涌动,将所有其他的声响淹没了,那是各种感官的喧嚣,每一种感觉都在这种喧嚣中渐渐湮灭。她感觉到有人在触摸她的皮肤,在亲吻她,爱抚她,感觉到自己的眼泪早已变冷了,但体内的血液却充满声响,充满了沉闷的隆隆声,这种声响愈来愈猛烈,现在正像疯狂的闹钟一样发出轰鸣。然后,清晰的意识逐渐消失了,她迷迷糊糊地感觉到有人给她脱衣服,她从许多云雾中看到丈夫的面容,那面容显出善意和担忧。接着,她沉入到黑暗深处,沉入到久违的黑黢黢的无梦睡眠中。

翌日早晨,她睁开眼睛,房间里已经很亮堂了。她的内心同样有一种很亮堂的感觉,宛如云开雾散,自己的血液也被一场豪雨洗涤过一般。她努力思考曾经发生的一切,觉得一切好似一场虚幻的梦。她感到轻松而自由,仿佛有人在睡梦中轻飘飘地穿过房间,她有一种锤子连续敲击的感觉。为了确认自己这种意识是否清醒真实,她试探性地摸了摸自己的双手。

她突然吓了一跳,那只戒指在自己的手上闪闪发亮。刹那间,她完全清醒过来了。她想起了在半昏厥状态中听到的丈夫那番杂乱无章的话,想起了这段日子自己从未怀疑,也从来不敢怀疑的不详厄运,如今蓦然回首,她才发现这两者之间其实有着紧密而清晰的内在关联。她一下子恍然大悟,丈夫的问题,她情人的惊讶,所有的死结都解开了。她看到自己被卷进了那张可怕的网中,愤怒和羞耻向她袭来,她的神经重新开始颤抖起来,她甚至有一点儿后悔自己为什么要从刚才那种没有梦幻、没有恐惧的睡眠中醒来。

这时,隔壁房间里传来欢笑声,孩子们起床了,就像"唧唧喳喳"地又开始新的一天的小鸟一样。她清清楚楚地听出是男孩的声音,第一次吃惊地发觉他的声音和丈夫的多么相像。她的嘴角露出一丝微笑,然后在那里停住了。她闭着眼睛躺在那里,好让自己更深地享受这所有的一切,她在想:自己的生活是什么?自己现在的幸福又是什么?她的内心还有一些伤痛,不过那是一种孕育着希望的疼痛,既强烈,又柔和,就像伤口在彻底愈合之前还在火辣辣地疼一样。

一个陌生女人的来信

著名小说家R到山上去休息了三天，今天一清早就回到了维也纳。他在车站买了一份报纸，刚刚瞥了一眼报上的日期，就记起今天是他的生日。他马上想到，自己已经四十一岁了。他对此并不感到高兴，也没觉得难过。他漫不经心地窸窸窣窣翻了一会儿报纸，便叫了一辆小汽车回到了寓所。仆人告诉他，在他外出期间曾有两人来访，还有他的几个电话，随后便把积攒的信件用盘子端来交给他。他随随便便地看了看，有几封信的寄信人引起了他的兴趣，他就把信封拆开；有一封信的字迹很陌生，写了厚厚一叠，他就先把它推在一边。这时茶端来了，于是他就舒舒服服地往安乐椅上一靠，再次翻了翻报纸和几份印刷品，然后点上一支雪茄，这才拿起方才搁下的那封信。

这封信约莫有二十多页，是个陌生女人的笔迹，写得龙飞凤舞，潦潦草草，与其说是封信，还不如说是份手稿。他不由自主地再次把信封捏了捏，看看有什么附件落在里面没有。但是信封里是空的，无论信封上还是信纸上都没有寄信人的地址，也没有签名。"奇怪。"他想，又把信拿在了手里。"你，和我素昧平生的你！"信的上头写了这句话作为称呼，作为标题。他的目光十分惊讶地停住了：这指的是他，还是一位臆想的主人公呢？突然，他的好奇心大发，开始念道：

我的孩子昨天去世了——为挽救这个幼小娇嫩的生命，我同死神足足搏斗了三天三夜。他得了流感，可怜的身子烧得滚烫。我在他床边坐了四十个小时。我用冷水浸过的毛巾敷在他烧得灼手的额头上。白天黑夜我都握着他那双抽搐的小手。第三天晚上我全垮了，眼睛再也睁不开了，眼皮合上了，连自己也不知道。我在硬椅子上坐着睡了三四个小时，就在这期间，死神夺去了他的生命。这惹人喜爱的可怜的孩子，此刻就在那儿躺着，躺在他自己的小床上，就和他死的时候一样。只是他的眼睛，他那聪明的黑眼睛合上了，他的两只手交叉着放在白衬衫上，床的四个角上高高燃着四支蜡烛。我不敢看一下，也不敢动一动，因为烛光一晃，他脸上和紧闭的嘴上就影影绰绰的，看起来就仿佛他的面颊在蠕动，我就会以为他没有死，以为他还会醒来，还会用他那银铃般的声音对我说些甜蜜而稚气的话语。但是我知道，他死了，我不愿意再往床上看，以免再次怀着希望，也免得再次失望。我知道，我知道，我的孩子，昨天死了——现在在这个世界上我只有你，只有你了，而你对我却一无所知。此刻你完全感觉不到，正在嬉戏玩闹，或者正在跟什么人寻欢作乐，调情狎昵呢。而我现在只有你，只有与我素昧平生的你，我始终爱着的你。

我拿了第五支蜡烛放在这里的桌子上，我就在这张桌上给你写信。因为我不能孤零零地一个人守着我那死去的孩子，而不倾诉我的衷肠。在这可怕的时刻要是我不对你诉说，那该对谁去诉说！你过去是我的一切，现在也是我的一切！也许我不能跟你完全讲清楚，也许你不了解我——我的脑袋现在沉甸甸的，太阳穴不停地在抽搐，像有槌子在捶打，四肢感到酸痛。我想，我发烧了，说不定也染上了流感。现在流感挨家挨户地在蔓延，这倒好，这下我可以跟我的孩子一起去了，也省得我自己来了结我的残生。有时我眼前一片漆黑，也许这封信我都写不完了——但是我要振作起全部精力，来向你诉说一次，只诉说这一次，你，我亲爱的，与我素昧平生的你。

我想同你单独谈谈，第一次把一切都告诉你，向你倾吐。我的整个一生都要让你知道，我的一生始终都是属于你的，而对我的一生你却从来一无所知。可是只有当我死了，你再也不用答复我了——现在我的四肢忽冷忽热，如果这病魔确实意味着我生命的终结——这时我才让你知道我的秘密。假如我能活下来，那我就要把这封信撕掉，并且像过去一样一直把它埋在心里，我将继续保持沉默。但是如果你手里拿到了这封信，那么你就知道，这是一个已经死去的女人在这里向你诉说她的一生，诉说她那属于你的一生，从她开始懂事的时候起，一直到她生命的最后一刻。作为一个死者，她再也别无所求了，她不要求爱情，也不要求怜悯和慰藉。我要求你的只有一件事，那就是请你相信我这颗痛苦的心匆匆向你吐露的一切。请你相信我讲的一切，我要求你的就只有这一件事，一个人在其独生子去世的时刻是不会说谎的。

我要向你吐露我整个的一生。我的一生确实是从我认识你的那一天才开始的。在此之前我的生活郁郁寡欢、杂乱无章。它像一个蒙着灰尘、布满蛛网、散发着霉味的地窖，对它里面的人和事，我的心里早已忘却了。你来的时候，我十三岁，就住在你现在住的那所房子里。现在你就在这所房子里，手里拿着这封信——我生命的最后一丝气息。我也住在那层楼上，正好在你对门。你一定记不得我们了，记不得那个贫苦的会计师寡妇（她总是穿着孝服）和那个尚未完全发育的瘦小的孩子了——我们深居简出，不声不响地过着我们小市民的穷酸生活——你或许从来没有听到过我们的名字，因为我们房间的门上没有挂牌子。没有人来，也没有人来打听我们。何况事情已经过去很久了，十五六年了。不，你一定什么也不知道，我亲爱的。可是我呢，啊，我激情满怀地想起了每一件事，我第一次听说你，第一次见到你的那一天，不，是那一刻，我现在还记得很清楚，仿佛是今天的事。我怎么会不记得呢，因为对我来说，世界从那时才开始。请耐心点，亲爱的，我要向你从头诉说这一切，我求你听我谈一刻钟，不要疲倦，我爱了你一辈子也没有感到疲倦啊！

你搬进我们这所房子来以前,你屋子里住的那家人又丑又凶,又爱吵架。他们自己穷困潦倒,但却最恨邻居的贫困,也就是恨我们的穷困,因为我们不愿跟他们那种破落无产阶级的粗野行为沉瀣一气。这家男人是个酒鬼,常打老婆;哐啷哐啷摔椅子、砸盘子的响声常常在半夜里把我们吵醒。有一回那女人被打得头破血流,披头散发地逃到楼梯上,那个喝得酩酊大醉的男人就跟在她后面狂呼乱叫,直到大家都从屋里出来,警告那男人,再这么闹就要去叫警察了,这场戏才算收场。我母亲一开始就避免和这家人有任何交往,也不让我跟他们的孩子说话,为此,这帮孩子一有机会就对我进行报复。要是他们在街上碰见我,就跟在我后边喊脏话,有一回还用硬实的雪球打我,打得我额头上鲜血直流。全楼的人都本能地恨这家人。突然有一次出了事——我想,那男人因为偷东西被抓走了——那女人不得不收拾起她那点七零八碎的东西搬走,这下我们大家都松了口气。楼门口的墙上贴出了出租房间的条子,贴了几天就拿掉了。消息很快从清洁工那儿传开,说是一位作家,一位文静的单身先生租了这个房间。那时我第一次听到你的名字。

这套房间给原住户弄得油腻不堪,几天之后油漆工、粉刷工、清洁工、裱糊匠就来拾掇房间了,敲敲锤锤,又拖地、又刮墙。但我母亲对此倒很满意,她说,这下对门又脏又乱的那一家终于走了。而你本人在搬来的时候我还没有见到你的面:全部搬家工作都由你的仆人照料,那个个子矮小、神情严肃、头发灰白的管事仆人。他轻声细语、一板一眼地以居高临下的神气指挥着一切。他使我们大家都很感动。首先，因为一位管事仆人在我们这所郊区楼房里是很新奇的，其次他对所有的人都非常客气，却并不因此而把自己降格等同于一个普通仆人，和他们好朋友似的山南海北地谈天。从第一天起他就把我母亲看做太太，恭恭敬敬地向她打招呼，甚至对我这个丑丫头，也总是既亲切又严肃。每逢提到你的名字，他总带着某种崇敬，带着一种特殊的尊敬——大家马上就看出，你和他的关系远远超出了普通主仆的程度。为此我多么喜欢他，多么喜欢这个善良的老约翰啊！虽然我忌妒他老是可以在你身边侍候你。我把一切都告诉你，亲爱的，把所有这些鸡毛蒜皮的、简直是可笑的小事都告诉你，为的是让你了解，从一开始你对我这个既腼腆又胆怯的孩子就具有那样的魔力。在你本人还没有闯入我的生活之前，你身上就围上了一圈灵光，一道富贵、奇特、神秘的光华——我们所有住在这幢郊区小楼里的人（这些生活天地非常狭小的人，对自己门前发生的一切新鲜事总是十分好奇的），都在焦急地等着你搬进来。一天下午放学回家，看到楼前停着搬家具的车，这时对你的好奇心才在我心里猛增。家具大都是笨重的大件，搬运工已经抬到楼上去了，现在正在把零星小件拿上去。我站在门口望着，对一切都感到很惊奇，因为你所有的东西都是那样稀奇，我还从来没有见过。有印度神像、意大利雕塑、色彩鲜艳的巨幅绘画，最后是书。那么多那么好看的书，以前我连想都没有想到过。这些书都堆在门口，仆人在那里一本本拿起来用小棍和掸帚仔仔细细地掸掉书上的灰尘。我好奇地围着那越堆越高的书堆蹑手蹑脚地走着,你的仆人并没有叫我走开,但也没有鼓励我待在那里。所以我一本书也不敢碰,虽然我很想摸一摸有些书的软皮封面。我只好从旁边怯生生地看看书名,有法文书、英文书,还有些书的文字我不认识。我想,我会看上几个小时的。这时我母亲把我叫了进去。

整个晚上我都没法不想你,而这还是在我认识你之前呀。我自己只有十来本便宜的、破硬纸板装订的书,这几本书我爱不释手,一读再读。这时我冥思苦想:这个人会是什么样子的呢?有那么多漂亮的书,而且都看过了,还懂得所有这些文字,他还那么有钱,同时又那么有学问。想到那么多书,我心里就滋生起一种超脱凡俗的敬畏之情。我在心里设想着你的模样:你是个老人,戴了副眼镜,留着长长的白胡子,有点像我们的地理教员,只是善良得多,漂亮得多,温和得多——我不知道为什么我那时就肯定你是漂亮的,因为当时我还把你想象成一个老人呢。就在那天夜里,我还不认识你,就第一次梦见了你。

第二天你搬来了,但是无论我怎么窥视,还是没能见着你的面——这又更加激起了我的好奇心。终于在第三天我看见了你,真是万万没有想到,你完全是另一副模样,和我孩子气的想象中天父般的形象毫无共同之处。我梦见的是一位戴眼镜的慈祥老人,现在你来了——你,你的样子还是和今天一样,你,岁月不知不觉地在你身上流逝,但你却丝毫没有变化!你穿了一件浅灰色的迷人运动服，上楼梯的时候总是以你那种无比轻快的、孩子般的姿态一步跨两级。你手里拿着帽子，我以无法描述的惊讶望着你那表情生动的脸。你显得英姿勃发，有一头秀美光泽的头发。真的，我惊讶得吓了一跳，你是那么年轻、那么漂亮、那么修长挺拔、那么标致潇洒。这事不是很奇怪吗？在这第一秒钟里，我就十分清楚地感觉到，你是非常独特的，我和所有别的人都意想不到地在你身上一再感觉到：你是一个具有双重人格的人，是个热情洋溢、逍遥自在、沉湎于玩乐和寻花问柳的年轻人；同时在事业上你又是一个十分严肃、责任心强、学识渊博、修养有素的人。我无意中感觉到后来每个人都在你身上感觉到的印象，那就是你过着一种双重生活，它既有光明的、公开面向世界的一面，也有阴暗的、只有你一人知道的一面——这个最最隐蔽的两面性，你一生的秘密，我，这个着了魔似的被你吸引住的十三岁姑娘从第一眼就感觉到了。

现在你明白了吧，亲爱的，当时对我这个孩子来说，你是一个多大的奇迹，一个多么诱人的谜呀！一个大家对他怀着敬畏的人，他写过书，他在另一个大世界里颇有名气，而现在我突然发现他是个英俊潇洒、像孩子一样快乐的二十五岁年轻人！我还用对你说吗，从这天起，在我们这幢楼里，在我整个可怜的儿童天地里，没有什么比你更使我感兴趣的了。我把一个十三岁姑娘的全部犟劲，全部纠缠不放的执拗劲一古脑儿都用来窥视你的生活，窥视你的起居了。我观察你，观察你的习惯，观察到你这儿来的人，这一切非但没有减少，反而更增加了我对你本人的好奇心，因为来看望你的客人形形色色，三教九流，这就反映了你性格上的两重性。到你这里来的有年轻人，你的同学，一帮衣衫褴褛的大学生，你跟他们有说有笑，忘乎所以。有时也有一些坐小汽车来的太太。有一回，歌剧院的经理，那位伟大的乐队指挥来了，过去我只是怀着崇敬的心情远远地见到过他站在乐谱架前。到你这里来的人再就是些还在商业学校上学的小姑娘，她们扭扭捏捏地倏的一下就溜进了门去。总而言之，来的人里女人很多，很多。这一方面我没有什么特别的想法，就是一天早晨我去上学的时候，看见一位头上蒙着面纱的太太从你屋里出来，我也并不觉得这有什么特别——我才十三岁呀，我以狂热的好奇心来探听和窥伺你的行动。在孩子的心目中还并不知道，这种好奇心已经是爱情了。

但是，我亲爱的，那一天，那一刻，我整个地、永远地爱上你的那一天、那一刻，现在我还记得清清楚楚。我和一个女同学散了一会儿步，就站在大门口闲聊。这时开来一辆小汽车，车一停，你就以你那焦急、敏捷的姿态——这姿态至今还使我对你倾心——从踏板上跳了下来，要进门去。一种下意识逼着我为你打开了门，这样我就挡了你的道，我们两人差点撞个满怀。你以那种温暖、柔和、多情的眼光望着我，这眼光就像是脉脉含情的表示，你还向我微微一笑——是的，我不能说是别的，只好说，向我脉脉含情地微微一笑，并用一种极轻的、几乎是亲昵的声音说："多谢啦，小姐！"

事情的经过就是这样,亲爱的。可是从那一刻起,从我感到了那柔和的、脉脉含情的目光以来,我就属于你了。后来不久我就知道,对每个从你身边走过的女人,对每个卖给你东西的女店员,对每个给你开门的侍女,你一概投以你那拥抱式的、极具吸引力的、既脉脉含情又撩人销魂的目光,你那天生的诱惑者的目光。我还知道,在你身上这目光并不是有意识地表示心意和爱慕,而是因为你对女人都表现得脉脉含情,所以你看她们的时候,不知不觉就使你的眼光变得柔和而温暖了。但是我这个十三岁的孩子却对此毫无所感,我心里像有团烈火在燃烧。我以为你的柔情只是给我的,只是给我一人的,在这瞬间,在我这个尚未成年的丫头的心里,已经感到自己是个女人,而这个女人永远属于你了。

"这个人是谁?"我的女友问道。我不能马上回答她。我不能把你的名字说出来,就在这一秒钟里,这唯一的一秒钟里,我觉得你的名字是神圣的,它成了我的秘密。"噢,一位先生,住在我们这座楼里。"我结结巴巴、笨嘴笨舌地说。"那他看你的时候你干吗要脸红啊?"我的女朋友使出了一个爱打听的孩子全部的恶毒劲冷嘲热讽地说。正因为我感到她的嘲讽触到了我的秘密,血就一下子升到我的脸颊,感到更加火烧火燎。我狼狈之至,态度变得甚为粗鲁。"傻丫头!"我气冲冲地说。我真恨不得把她勒死。但是她却笑得更响,嘲弄得更加厉害,直到我感到盛怒之下泪水都流下来了,我就把她甩下,独自跑上楼去。

从这秒钟起，我就爱上了你。我知道，许多女人对你这个被宠坏了的人常常说这句话。但是我相信，没有一个女人会像我这样盲目地、忘我地爱你。我对你永远忠贞不渝，因为世界上任何东西都比不上孩子暗地里悄悄所怀的爱情，因为这种爱情如此希望渺茫、曲意逢迎、卑躬屈节、低声下气、热情奔放，它与成年女子那种欲火中烧的、本能的挑逗性的爱情并不一样。只有孤独的孩子才能将他们的全部热情集中起来，其余的人则在社交活动中滥用自己的感情，在卿卿我我中把自己的感情消磨殆尽。他们听说过很多关于爱情的事，读过许多关于爱情的书。他们知道，爱情是人们的共同命运。他们玩弄爱情，就像玩弄一个玩具，他们夸耀爱情，就像男孩子夸耀他们抽了第一支香烟。但是我，我没有一个可以诉说心事的人，没有人开导我，没有人告诫我，我没有人生阅历，什么也不懂，我一下栽进了我的命运之中，就像跌入万丈深渊。在我心里生长、迸放的就只有你，我在梦里见到你，把你当做知音：我父亲早就故世了，我母亲总是郁郁寡欢、悲悲戚戚。她靠养老金生活，生性怯懦，掉片树叶还生怕砸了脑袋，所以我和她并不十分相投；那些开始沾上了行为不端那些坏毛病的女同学又使我感到厌恶，因为她们轻佻地玩弄那在我心目中视为最高激情的东西——因此我把原先散乱的全部激情，把我那颗压缩在一起而一再急不可待地想喷涌出来的整颗心都一古脑儿向你掷去。在我的心里你就是——我该怎么对你说呢？任何比喻都不过分——你就是一切，是我的整个生命。世间万物所以存在，只是因为都和你有关系，我生活中的一切，只有和你相连才有意义。你使我的整个生活变了个样。原先我在学校里学习并不太认真，成绩也是中等，现在突然成了第一名。我读了上千本书，往往每天读到深夜，因为我知道，你是喜欢书的；突然我以近乎有点顽固的劲头坚持不懈地练起钢琴来了，这使我母亲大为惊讶，因为我想，你是喜欢音乐的。我把自己的衣服刷得干干净净，缝得整整齐齐，好在你面前显得干净利索，让你喜欢；我的那条旧学生裙（是我母亲的一件家常便服改的）的左侧打了一个四方的补丁，我感到难看极了。我怕你会看见这个补丁，因而瞧不起我，所以我上楼的时候，总是把书包压在那个补钉上，吓得直哆嗦，生怕被你看出来。但是这是多傻啊，你后来再也没有，几乎是再也没有看过我一眼。

再说我，我整天都在等着你，窥探你的行踪，除此之外可以说是什么也没做。我们家的门上有一个小小的黄铜窥视孔，从这个小圆孔里可以看到对面你的房门。这个窥视孔——不，别笑我，亲爱的，就是今天，就是今天，我对那些时刻也并不感到羞愧——这个窥视孔是我张望世界的眼睛。那几个月，那几年，我手里拿了本书，整个下午整个下午地坐在那里，坐在前屋里恭候着你，生怕妈妈疑心。我的心像琴弦一样绷得紧紧的，你一出现，它就不住地奏鸣。我时刻为了你，时刻处于紧张和激动之中，可是你对此却毫无感觉，就像你对口袋里装着的绷得紧紧的怀表发条没有一丝感觉一样。怀表的发条耐心地在暗中数着你的钟点，量着你的时间，用听不见的心跳伴着你的行踪,而在它嘀嗒嘀嗒的几百万秒之中,你只有一次向它匆匆瞥了一眼。我知道你的一切,了解你的每一个习惯,认得你的每一条领带、每一件衣服,不久就认识并且能够一个个区分你的那些朋友,还把他们分成我喜欢的和我讨厌的两类。从十三岁到十六岁,我的每一小时都是生活在你的身上。啊,我干了多少傻事!我去吻你的手摸过的门把手,捡一个你进门之前扔掉的雪茄烟头,在我心目中它是神圣的,因为你的嘴唇在上面接触过。晚上我上百次借故跑到下面的胡同里,去看看你哪一间屋子亮着灯。这样虽然看不见你,但是能清清楚楚地感觉到你在那里。你出门去的那几个星期——我每次见那善良的约翰把你的黄旅行袋提下楼去,我的心便吓得停止了跳动——那几个星期我活着也像死了一样,毫无意义。我满脸愁云,百无聊赖,茫然若失,不过我得时时小心,别让母亲从我哭肿了的眼睛里看出我心头的绝望。

我知道,我现在告诉你的,全是些怪可笑的感情波澜,孩子气的蠢事。我该为这些事而害臊,但是我并不感到羞愧,因为我对你的爱情从来没有比在这种天真的激情中更为纯洁,更为热烈的了。我可以对你说上几小时,说上好几天,告诉你,我当时是怎么同你一起生活的,而你呢,连我的面貌还不认识,因为每当我在楼梯上碰到你,而又躲不开的时候,由于怕你那灼人的目光,我就低头打你身边跑走,就像一个人为了不被烈火烧着,而纵身跳进水里一样。我可以对你说上几小时,说上好几天,告诉你那些你早已忘怀的岁月,给你展开你生活的全部日历。但是我不愿使你厌倦,不愿折磨你。我要讲给你听的,只有我童年时期最最美好的那次经历,我请你不要嘲笑我,因为这是一件微乎其微的小事,但是对我这个孩子来说,这可是件天大的大事。那一定是个星期天,你出门去了,你的仆人打开房门,把那几条他已经拍打干净的、沉重的地毯拽进屋去。他,这个好人,干得非常吃力。我一时胆大包天,走到他跟前,问他要不要我帮他一把。他很惊讶,但还是让我帮了他,这样我就看见了你寓所的内部,你的天地,你常常坐在那儿的书桌,桌上的一个蓝色水晶花瓶里插着几朵鲜花,看见了你的柜子,你的画,你的书——我只能告诉你,我当时怀着多么大的崇敬,甚至虔诚的仰慕之情啊!对你的生活我只是匆匆地偷望了一眼,因为约翰,你那忠实的仆人,是一定不会让我仔细观看的,可是就是这么看了一眼,我就把整个气氛吸进了胸里,这就有了入梦的营养,就能无休止地梦见你,无论醒着还是睡着。

这,这飞快的一分钟,它是我童年时代最最幸福的时刻。我要把这时刻讲给你听,好让你,这个并不认识我的人终于能开始感觉到有一个生命在依恋着你,并为你而消殒。这个最最幸福的时刻我要告诉你,还有那个时刻,那个最最可怕的时刻也要告诉你,可惜这两个时刻是互相紧挨着的。为了你的缘故——我刚才已经对你说过——我把一切都忘掉了,我没有注意我的母亲,对任何人都不关心。我没有注意到,一位年纪稍长的先生,一位因斯布鲁克的商人,我母亲的远亲,常常到我们家里来,每回都待得很久。是的,这倒使我感到很高兴,因为他有时带我母亲去看戏,这样我便可以独自待在家里,想着你,守候着你,这可是我最大最大的、唯一的幸福!一天,母亲郑重其事地把我叫到她房间里,说要跟我一本正经地谈一谈。我的脸都吓白了,听到自己的心突然怦怦直跳:她会不会感觉到什么,看出了什么苗头?我马上想到的就是你,就是这个秘密,这个把我和世界联系在一起的秘密。但是妈妈自己却感到不好意思,她温柔地吻了我一两下(她平素是从来不吻我的),把我拉到沙发上挨着她坐下,然后吞吞吐吐,羞怯地开始说,她的亲戚是个鳏夫,向她求婚,而她呢,主要是为了我,就决定答应他的要求。一股热血涌到我的心头:我内心只有一个念头,我的全部心思都在你的身上。"我们还住在这儿吧?"我结结巴巴地勉强说出这句话来。"不,我们要搬到因斯布鲁克去,斐迪南在那里有座漂亮的别墅。"别的话我什么也没有听见。我觉得眼前发黑。后来我知道,当时我晕倒了。我听见母亲对等候在门后的继父悄声说,我突然伸开双手往后一仰,随后就像块铅似的摔倒了。以后这几天里发生的事情,我,一个不能自己作主的孩子,是如何反抗她那说一不二的意志的,这些我都无法向你描述了。就是现在,一想到这件事,我正在写信的手还发抖呢。我真正的秘密是不能泄露的,因此我的反抗就显得纯粹是要牛脾气,故意作对,成心别扭。谁也不再跟我说了,一切都在暗地里进行。他们利用我上学的时间搬运行李,等我回到家里,总是不是少了这样,就是卖了那件。我看着我们的屋子,以及我的生活变得七零八落。有一次我回家吃午饭的时候,搬家具的人正在包装东西,把什么都搬走了。空空荡荡的屋子里放着收拾好了的箱子,以及母亲和我各人一张行军床:我们还要在这里睡一夜,最后一夜,明天就动身到因斯布鲁克去。

在这最后的一天,我怀着一种突然的果断心情感觉到,没有你在身边,我是不能活的。除了你,我想不出别的什么解救办法。我当时心里究竟是怎么想的,在那绝望的时刻我究竟能不能头脑清楚地进行思考,这些我永远也说不出来,可是我突然站了起来,身上穿着学生装——我母亲不在家——走到对门你那里去。不,我不是走去的,我两腿发僵,全身哆嗦着,被一种磁石般的力量吸到你的门口。我已经对你说过,我自己也不知道我是怎么了:我想跪在你的脚下,求你收留我做个女仆,做个奴隶。我怕你会对一个十五岁姑娘的这种纯真无邪的狂热感到好笑,但是——亲爱的,要是你知道,我当时如何站在冰冷的楼道里,由于恐惧而全身僵硬,可是又被一种不可捉摸的力量推着朝前走;我又是如何把我的胳膊,那颤抖着的胳膊,可以说是硬从自己身上扯开,抬起手来——这场搏斗虽只经历了可怕的几秒钟,但却像是永恒的——用手指去按你门铃的电钮。要是你知道了这一切,你就不会再笑了。那刺耳的铃声至今还在我的耳朵里回响,随之而来的是沉寂,之后——这时我的心脏停止了跳动,我全身的血液凝固了——我只是竖起耳朵听着,你是不是来开门。

但是你没有来。谁也没有来。那天下午你显然出去了，约翰可能是为你办事去了。于是我就蹒跚地——单调刺耳的门铃声还在我的耳边震响——回到我们满目凄凉、空空如也的屋子里，精疲力竭地一头倒在一条花呢旅行毯上。这四步路走得我疲乏之至，仿佛在深深的雪地里走了好几个小时似的。虽然疲惫不堪，可是他们把我拉走之前我要见到你、跟你说话的决心依然在燃烧，并未熄灭。我向你发誓，这里面并没有一丝情欲的念头。我当时还不懂，除了你之外，我什么都不想，我只想见到你，只是还想见一次，紧紧地抱着你。于是整整一夜，这漫长的、可怕的整整一夜，亲爱的，我都在等待着你。母亲刚一上床睡着，我就蹑手蹑脚地溜到前屋里，侧耳倾听你什么时候回家。整整一夜我都在等待着，而这可是一个冰冷的一月之夜啊！我疲惫不堪，四肢疼痛，想坐一坐，可是屋里连张椅子都没有了，于是我就平躺在冷冰冰的地板上，从房门底下的缝隙里嗖嗖地吹进股股寒风。我的衣服穿得很单薄，又没有拿毯子，躺在冰冷的地板上，浑身骨节眼里都感到刺痛。我倒是不想要暖和，生怕一暖和就会睡着，就听不到你的脚步声了。这是很难受的，我的两只脚痉挛了，紧紧蜷缩在一起，我的胳膊颤抖着。我只好一次又一次地站起来，这漆黑的夜，可真把人冻死了。但是我等待着，等待着，等待着你，宛如等待着我的命运。

终于——大概已经是凌晨两三点钟了吧——我听见下面开大门的声音，接着就有上楼梯的脚步声。顿时我身上的寒意全然消失，一股热流在我心头激荡，我轻轻地开了房门，准备冲到你面前，伏在你的脚下……啊，我真不知道，我这个傻姑娘当时会干出什么事来。脚步声越来越近。烛光忽闪忽闪地照到了楼上。我哆哆嗦嗦地握着房门的把手。来的人果真是你吗？

是，是你，亲爱的——但你不是独自一人。我听到一阵挑逗性的轻笑，绸衣服拖在地上发出的窸窣声和你低声细语的说话声——你是带了一个女人回家来的。

我不知道我是如何挨过这一夜的。第二天早晨八点钟，他们就把我拖往因斯布鲁克；我已经没有一丝力气来反抗了。

我的孩子已在昨天夜里去世了——如果我当真还要继续活下去的话，那我又将是孤苦伶仃的一个人了。明天要来人了，那些陌生的、黑炭似的大个儿笨汉，他们将抬一口棺材来，收殓我那可怜的、我那唯一的孩子。也许朋友们也会来，送来花圈，但是鲜花放在棺材上又顶什么用？他们会来安慰我，对我说几句，说几句话。但是他们又能帮得了我什么呢？我知道，这以后我又是孤零零一个人了。再也没有什么东西比在人群之中感到孤独更可怕的了。这一点我那时就体会到了，在因斯布鲁克度过的没有尽头的两年岁月里，即从我十六岁到十八岁的时候，像个囚犯，像个被摈弃的人似的。生活在家里的两年时间里，我就体会到了这一点。继父是个生性平和、寡言少语的人，对我很好；我母亲好像为了弥补她无意之中所犯的过失，对我的一切要求总是全部给予满足。年轻人围着我献殷勤，但是我都斩钉截铁地对他们一概加以拒绝。不和你在一起，我就不想幸福地、惬意地生活，我把自己埋进一个晦暗的、寂寞的世界里，自己折磨自己。他们给我买的新花衣服我不穿，我不肯去听音乐会，不肯去看戏，或者跟大家一起兴高采烈地去郊游。我几乎连胡同都不出，你会相信吗，亲爱的，我在这座小城里住了两年，认识的街道还不上十条？我悲伤，我要悲伤，看不见你，我就强迫自己过着清淡的生活，并且还以此为乐。再有，我怀着一股热情，只希望生活在你的心里，我不愿让别的事情来转移这种热情。我独自一人坐在家里，一坐就是几个小时，就是一整天，什么也不做，只是想着你，一次一次地、反反复复地重温对你的数百件细小的回忆，每次见你啦，每次等你啦，就像在剧院里似的，让这些细小的插曲一幕幕从我的心里闪过。因为我把往日的每一秒钟都回味了无数次，因此我的整个童年还都历历在目，那些逝去岁月的每一分钟都让我感到如此灼热和新鲜，仿佛是昨天发生的那样。

那时我的整个身心全都扑在了你的身上。你写的书我全都买了；要是报上登有你的名字，那这天就像我的节日一样。你相信吗，你书里的每一行我都能背下来，我一遍又一遍地把你的书读得滚瓜烂熟。要是有人半夜里把我从睡梦中叫醒，从你的书里抽出一行来念给我听，今天，隔了十三年，今天我还能接着念下去，就像在梦里一样：你的每一句话，对我来说都是福音书和祷告文。整个世界，只有和你有关，它才存在。我在维也纳的报纸上翻阅音乐会和首演的广告，心里只有一个想法，那就是哪些演出会使你感兴趣。一到黄昏，我就在远方陪伴着你：现在他进了剧场大厅，现在他坐下来了。这事我梦见过千百次，因为我曾经有一次，唯一的一次，在一次音乐会上见过你。

可是我说这些干什么呢，说一个被遗弃的孩子的这些疯狂的、自己糟踏自己的，这些如此悲惨、如此绝望的狂热干什么呢？把这些告诉一个对此一无所感、毫无所知的人干什么呢？那时我不确实还是个孩子吗？我长到十七八岁了——年轻人开始在街上转过头来看我了，可是他们只能使我火冒三丈。因为想着和别人，而不是和你谈恋爱，即使只是拿恋爱开个玩笑，我也觉得简直是难以想象、难以理解的，在我看来，受勾引本身就已经犯了罪。我对你的激情始终犹如当年，只是随着我身体的发育和性欲的萌发而变得更加炽烈、更加肉感、更加女性罢了。当时在那个女孩子，那个去按你的门铃的女孩子朦胧无知的意识中没能预感到的东西，现在成了我唯一的思想：把自己献给你，完全委身于你。

我周围的人认为我腼腆，都说我怕羞（我紧咬牙关，关于我的秘密，一个字也不吐露出来）。但是在我心里却滋长了钢铁般的意志。我的全部心思都集中在一点上：回到维也纳，回到你的身边去。我费了好大的劲，终于实现了自己的愿望。在别人看来，我的这个愿望也许是荒谬的，不可理解的。我的继父颇有资财，他把我当做他的亲生女儿。我直闹着要自己挣钱来养活自己，后来终于达到了这个目的。我来到维也纳的一个亲戚家，在一家服装店里当职员。

在一个雾蒙蒙的秋日,我终于,终于来到了维也纳!难道还要我告诉你,我到维也纳以后第一站是往哪儿去的吗?我把箱子存放在火车站,跳上一辆电车——我觉得电车开得多慢呀,每停一站都使我感到恼火——一直奔到那座楼房前面。你的窗户亮着灯,我的整个心灵发出了动听的声音。这座城市,这座曾经如此陌生、如此毫无意义地在我四周喧嚣嘈杂的城市,现在才有了生气,我现在才复活,因为我感觉到你就在近旁,你,我那永恒的梦。我并没有感觉到,无论是隔着多少峡谷、高山、河流,或是在你和我闪着喜悦光芒的目光之间只隔着一层透明的薄玻璃,我对于你的意识来说,实际上都是一样遥远的。我抬头仰望,仰望:这儿有灯光,这儿是楼房,你就在这儿,这儿就是我的世界。对于这一时刻,我已经做了两年的梦了,现在总算赐给了我。这个漫长的、柔和的、云遮雾漫的夜晚,我在你的窗前站了很久,直到你房里的灯熄灭以后,我才去寻找我的住处。

从那以后,我每天晚上都这样站在你的房前。我在店里干活一直干到六点钟才结束,活计很重,很累,但我很喜欢,因为工作很杂乱,我对自己内心的不宁也就不那么感到痛楚了。等到卷帘式铁百叶窗在我身后"哐当"一声落了下来,我就直奔我心爱的目的地。只要看你一眼,只想碰见你一次,只想用我的目光远远地再次抚摸你的脸庞——这就是我唯一的心愿。大约一个星期之后,我终于遇见了你,而且恰恰在我没有预料到的那一瞬间:我正抬头朝你的窗户张望的时候,你横穿马路过来了。突然，我又变成了那个小姑娘，那个十三岁的小姑娘。我感到热血涌上我的面颊，违背我渴望看见你的眼睛的内心冲动，我下意识地低下了头，像是有人在追我似的，从你身边一溜烟跑了过去。后来我为自己这种女学生似的胆怯的逃遁而感到羞愧，因为现在我的目的是一清二楚的：我想遇见你，我在找你。过了那么多渴望的、难熬的岁月，我希望你能认出我来，希望你能注意到我，希望你爱上我。

但是你好长时间都没有注意到我，虽然每天晚上，无论是纷飞的大雪，还是维也纳凛冽刺骨的寒风，我都站在那条胡同里。我往往白等几个小时，有时候等了半天以后，你终于在朋友的陪伴下从屋里走了出来，有两次我还看见你和女人在一起。当我看见一位陌生女人同你紧挽胳膊一起走的时候，我感觉到了自己的成人意识，我的心突然颤了一下，把我的灵魂也撕裂了，这时我感觉到对你有一种新的、异样的感情。我并没有吃惊，我在儿童时代就已经知道女人是陪伴你的常客，可是现在却使我突然感到有种肉体上的痛苦，我心里那根感情之弦绷得紧紧的，对你跟另一个女人的这种明显的、肉体上的亲昵感到非常敌视，同时自己也很想得到。我当时有种孩子气的自尊心，也许今天也还保留着，所以一整天没有到你的屋子跟前去。但是这个抗拒、愤恨的空虚夜晚是多么可怕呀！第二天晚上，我又低声下气地站在你的房子跟前，等呀等，就像我的整个命运，都站在你那关闭的生活之前。

一天晚上，你终于注意到我了。我已经看见你远远地过来了,我就振作起自己的意志,别又躲开你。说也凑巧,有辆货车停在街上要卸货,因而把马路堵得很窄,你就只好紧挨着我的身边走过去。你那心不在焉的目光下意识地扫了我一眼,它刚遇到我全神贯注的目光,就立即变成了——回忆起心里的往事,使我猛然一惊——你那种勾引女人的目光,变成了那种温存的,既脉脉含情、又撩人销魂的,那拥抱式的、盯住不放的目光。这目光从前曾把我这个小姑娘唤醒,使我第一次成了女人,成了正在恋爱的女人。有一两秒钟之久,你的目光就这样凝视着我的目光,而我的目光却不能,也不愿意离开你的目光——随后你就从我身边走了过去。我的心怦怦直跳,我下意识地放慢了脚步,出于一种无法抑制的好奇心,我转过头来,看见你停住了,正在回头看我。从你好奇地、饶有兴趣地注视着我的神态里,我立刻就知道,你没有认出我来。

你没有认出我来,那时候没有,永远,你永远也没有认出我来。亲爱的,我怎么来向你描述那一瞬间的失望呢——当时我是第一次遭受到没有被你认出来的命运啊,这种命运贯穿在我的一生中,并且还带着它离开人世。没有被你认出来,一直没有被你认出来。我怎么来向你描述这种失望呢!因为你看,在因斯布鲁克的两年中,我时刻都想着你,什么也不做,只是想象我们在维也纳的第一次重逢,根据自己的情绪状态,做着最幸福的和最可怕的梦。如果可以这么说的话,一切我都在梦里想过了。在我心情阴郁的时候,我设想过,你会拒我于门外,你会鄙视我,因为我太卑微,太丑陋,太不顾廉耻。你各种各样的怨恨、冷酷、淡漠，这一切我在热烈的幻象中都经历过了——可是这一点，这最最可怕的一点，就是在我心情最阴郁、自卑感最严重的时候，也没有敢去考虑过：你根本丝毫没有注意到我的存在。今天我懂得了——啊，那是你让我懂得的——少女和女人的脸在男人眼里一定是变化无常的，因为脸通常只是一面镜子，时而是热情的镜子，时而是天真烂漫的镜子，时而又是疲惫的镜子，镜子中的形象极易流逝，所以一个男人也就更加容易忘记一个女人的容貌，因为年龄就在这面镜子里带着光和影逐渐流逝，因为服装会把一个女人的脸一下打扮成这样，一下又变成那样。那些听天由命的人，她们才是真正的智者。可是当时我这个少女，对你的健忘还不能理解，因为由于我自己毫无节制、时刻不停地想着你，所以就产生了一种幻景，以为你也一定常常想着我，在等着我。如果我知道，你的心里并没有我，压根儿连想都没有想过我，那我活着还有什么意思！你的目光使我清醒了，你的目光表示，你一点也不认识我了，关于你的生活和我的生活之间，你竟连一根蛛丝那样的些微记忆也没有了。面对这样的目光，我如梦初醒，第一次跌入了现实之中，第一次预感到了自己的命运。

你那时没有认出我来。两天以后我们又再次相遇，你的目光带着点亲昵的神情周身打量着我，这时你依旧没有认出我就是曾经爱过你的、被你唤醒的那个姑娘，你只认出我是那个漂亮的、十八岁姑娘，两天以前曾在同一地点同你迎面相逢。你亲切而惊讶地看着我，嘴角挂着一丝轻柔的微笑。你又从我的身边走过去，马上又放慢了脚步。我颤抖，我狂喜，我祈祷，但愿你来跟我打招呼。我感到，我第一次为你而充满了活力。我也放慢了脚步，没有躲开你。突然，我没有回头便感觉到你在我的身后，我知道，这回我可以第一次听到你对我说话的可爱的声音。这种期待的心情几乎使我瘫软了，我担心自己可能不得不停下来，心里像有十五个吊桶，七上八下——这时你走到我旁边来了。你用你特有的那种轻松愉快的神情跟我攀谈，仿佛我们是早就认识的老朋友了——啊，你没有感觉出我这个人，你也从来没有感觉出我的生活——你跟我说话的神态是那么富有魅力，那么泰然自若，甚至我也能够跟你答话了。我们一起走了一条胡同，这时你问我，是否愿意一起去吃饭。我说："好。"我怎敢拒绝你呢？

　　我们一起在一家小饭馆里吃饭——你还记得这家饭馆在哪里吗？啊，不，你一定跟其他这样的晚餐分不清了，因为在你心目中，我算得了什么？只不过是数万个女人中的一个，许许多多不胜枚举的风流艳遇中的一桩罢了。你有什么好想起我来的呢？我说得很少，因为在你身边，听你跟我说话，我就感到无限幸福了。我不愿意由于一个问题、一句愚蠢的话而白白浪费一秒钟。我永远不会忘记感谢你的这个时刻，你的心里满满地盛着我热情的崇敬，你的举止如此温存风雅、轻松愉快、识体知礼、毫无迫不及待的妄为，没有匆忙的谄媚讨好的表示，从第一个瞬间起，就亲切自重，如逢知己。我早就把自己的整个身心都献给你了，即使未下这个决心，但单凭你此刻的举止也会赢得我的心的。啊,你可不知道,我傻乎乎地等了你五年,你没有使我失望,你简直使我高兴得忘乎所以了!

　　天已经很晚了,我们起身离去。走到饭馆门口,你问我是否急着回家,是否还有点时间。我怎么能瞒着你,不告诉你我乐意听从你的意愿呢?我说,我还有时间。随后,你稍稍迟疑了一下,就问,我是否愿意上你那里去聊一会儿。"好啊!"我自然而然地脱口而出,随后我立即发现,你对我如此迅速的允诺,感到有点儿难堪或者高兴,反正显然感到十分意外。今天我明白了你的这种惊异,我知道,一个女人,即使她心里火烧火燎的,想委身于人,但是她们通常总要否认自己有这种打算,还要装出一副惊恐万状或者怒不可遏的样子,非等男人再三恳求,说一通弥天大谎,赌咒发誓和作出种种许诺,这才愿意平息下来。我知道,也许只有那些吃爱情饭的妓女,或是幼稚天真、年未及笄的小姑娘才会兴高采烈地满口答应那样的邀请。但是在我心里,这件事只不过是——你怎么能料想得到呢——化成了语言的心愿,千百个白天黑夜所凝聚、而现在突然迸发的相思而已。总之,当时你很吃惊,我开始使你对我发生兴趣了。我觉察到,我们一起走的时候,你一边说着话,一边带着某种惊异的神情从侧面打量着我。你的感觉,你那对于一切人性的东西魔术般的十拿九稳的感觉,使你在这里,立即在这位漂亮的、柔顺的姑娘身上嗅出了一种不同寻常的东西,嗅出了一个秘密。于是,你好奇心大发,我觉察到,你想从一连串拐弯抹角的、试探性的问题着手,来摸清这个秘密。可是我避开了你：我宁可显得傻里傻气，也不愿对你泄露我的秘密。

我们上楼到你屋里。请原谅，亲爱的，要是我对你说，你不可能明白，这楼道，这楼梯对我来说意味着什么。当时我的心里充满了何等样的陶醉，何等样的迷乱，何等样的疯狂、痛苦、几乎是致命的幸福啊！我现在想起这些，还不禁泪湿衣襟，然而我已经没有眼泪了。你想一想吧，那里的每一件东西都好像渗透了我的激情，每一样东西都是童年时代，我的憧憬的象征：那大门，我在前面等过你千百次的大门；那楼梯，我在那里倾听你的脚步声，并在那儿第一次看见你的楼梯；那窥视孔，通过这个小孔我看你看得神魂颠倒；你房门口铺的小地毯，有一次我曾在上面跪过；那钥匙的响声，每回一听到这声音，我总是从我潜伏的地方猛的一跃而起。我的整个童年，我的全部激情都寄托在这几平米大的空间里了，我的生命就在这里。而现在命运像暴风雨似的降落到我的头上来了，因为一切，一切都如愿以偿了：我和你在一起走，我和你在你的，在我们的房子里走着。你想想吧——这话听起来毫无意思，可我不知道怎么用别的话来说——一直到你房门口为止，一切都是现实，都是一辈子沉闷的、日常的世界，而从那儿起，孩子的仙境，阿拉丁的王国就开始了。你想一想，这房门我曾急不可待地盯过千百回，如今我飘飘然地走了进去，你将会预料到——但仅仅是预料到，永远也不会完全知道，我亲爱的——这转瞬即逝的一分钟从我的生活里带走了什么。

那个晚上,我在你身边整整待了一夜。你可没有想到,在这以前还从来没有一个男人触摸过我,没有一个男人紧贴着或者看见过我的身子哩。但是亲爱的,你又怎么会想到呢,因为我对你毫无反抗,我压制了因羞怯而产生的忸怩,只是为了使你无法猜到我对你的爱情秘密。要是你猜了出来,准会把你吓一大跳的——你喜欢的只是轻松自在,嬉戏玩耍,怡然自得,你害怕干预别人的命运。你喜欢对所有的女人,像蜜蜂采花似的对世界滥施爱情,而不愿作出任何牺牲。假如我现在对你说,亲爱的,我对你委身的时候还是个处女,那么我求求你,不要误解我!我不埋怨你,你并没有引诱我,欺骗我,勾引我——是我,是我自己硬凑到你跟前、投入你的怀抱、栽进自己的命运中去的。我永远,永远不会埋怨你,不,我只有永远感谢你,因为对我说来那一夜是至极的欢乐、闪光的喜悦、飘飘欲仙的幸福。那天夜里我一睁开眼,感到你在我的身边,总是感到奇怪,星星怎么没有在我头上闪烁,因为我真觉得自己到了天上了——不,我从来没有后悔,我亲爱的,从来没有因为那一刻而后悔。我还记得,你睡着了,我听见你的呼吸,贴着你的身子,感到自己挨你那么近,在黑暗中我流出了幸福的泪水。

　　第二天一大早我就急着要走。我得到店里去,也想在仆人来到之前就走,可不能让他看见。当我穿好衣服站在你面前,你就把我搂在怀里,久久凝视着我。莫非在你心里激荡着某个模糊而遥远的回忆,或者你只是觉得我当时神采飞扬、容貌美丽呢？然后你在我嘴上吻了一下，我轻轻从你手里挣脱，想走掉。这时你问我："你带几朵花去，好吗？"我说："好吧。"你就在书桌上的蓝色水晶花瓶里（啊，这只花瓶我是认识的，小时候我曾偷看过一眼）取出四朵洁白的玫瑰给了我。连着几天我都不住地吻着这几朵玫瑰哩。

我们事前约好在另一个晚上见面。我去了，那晚又是那么美妙。你还赐给了我第三夜。后来你就对我说，你要出门了——噢，我从小就恨你的这种旅行——你答应我，一回来就立即通知我。我给了你一个留局待取的地址——我不愿把我的姓名告诉你。我保守着自己的秘密。你又给了我几朵玫瑰作为临别纪念——作为临别纪念。

这两个月里我每天都去向……唉，算了，向你描述这种期待和绝望的极度痛苦干什么呢！我不埋怨你，我爱你，爱的就是这个你：感情炽烈，生性健忘，一见倾心，爱不忠诚。我爱的你这个人就是这个样，只是这个样，你过去一直是这个样，现在还是这个样。你早就回来了，从你亮着灯的窗户我就断定你回来了，你没有给我写信。在我生命的最后时刻，我也没有收到你的一行字，你的一行字，而我却把自己的生命都给了你。我等着，绝望地等着。你没有叫我，没有给我写一行字……没有写一行字……

我的孩子昨天死了——他也是你的孩子呀！他也是你的孩子，亲爱的，这是那如胶似漆的三夜所凝结的孩子，这一点我向你发誓。人之将死，其言也真，我快踏上黄泉路了，是不会撒谎的。这是我们的孩子，我向你发誓，因为从我委身于你的那一刻起，到这孩子从我肚子里生出来的这一段时间里，没有任何男人接触过我的身子。我的身子任你紧紧贴过之后，我就有了一种神圣的感觉：我怎么能把自己既给你又给别人呢？你是我的一切，而别人只不过是从我生命边上轻轻擦过的路人。他是我们的孩子，亲爱的，是我那专一不二的爱情和你那漫不经心的、毫不在乎的、几乎是无意识的柔情蜜意所凝成的孩子。他是我俩的孩子，我俩的儿子，我俩唯一的孩子。那么你一定要问——也许吓一大跳，也许只是不胜惊愕——那么你一定要问，我的亲爱的，问我在这多年的漫长岁月里，为什么不把这个孩子告诉你，一直到今天他躺在这里，躺在这黑暗里的时候才谈到他，而此刻他已准备去了，永远不再回来了，永远不再回来了！可是我又怎么能告诉你关于孩子的事呢？我这个与你素昧平生的女人，我这个心甘情愿地跟你过了销魂荡魄的三夜，而且毫无反抗，甚至是渴求地向你敞开了自己心怀的陌生女人，对她，你是永远也不会相信的，你永远不会相信，她这么个跟你短暂地萍水相逢的无名女人，会对你这个不忠诚的男人忠贞不渝，你永远也不会毫无疑虑地承认这孩子是你的亲生骨肉！即使你觉得我的话蛮有道理，真假难分，你也不可能消除这种暗暗的怀疑：我很富有，为此你企图把你在另一次风流欢会时种下的这个孩子硬塞给我。这样你就会对我猜疑，你我之间就会产生一片阴影，一片飘浮不定、腼腆的怀疑的阴影。这我不愿意。再说，我了解你，非常了解你，比你对自己了解得还清楚。我知道，你这个人只喜欢爱情中的无忧无虑、轻松自在、游戏玩耍，要是突然间成了父亲，突然间要对一个生命负责，那你一定会感到难堪而棘手的。你一定会觉得，好像我把你拴住了，而你这个人是只有在自由自在的情况下才能呼吸的。因为我把你拴住了，你一定会因此而恨我的——没错，我知道，你会违背你自己清醒的意志而恨我的。也许只有几小时，也许只有短短的几分钟，你会觉得我是个累赘，会恨我——但是我要保持我的自尊心，我要让你这一辈子想起我的时候没有一丝忧虑。我宁可独自承担一切，也不愿让你背上个包袱，我要使自己成为你所钟情过的女人中的独一无二的一个，让你永远怀着爱情和感激来思念她。可是当然，你从来也没有思念过我，你已经把我忘到九霄云外了。

我不埋怨你，我的亲爱的，不，我不埋怨你。如果我的笔下偶或流露出几滴苦痛的话，那就请你原谅我，请你原谅我——我的孩子——我们的孩子死了，就躺在这里影影绰绰的烛光下。我冲上帝攥紧拳头，管他叫凶手，我的心绪阴郁，神志紊乱。请原谅我倾吐我的哀怨，原谅我吧！我知道，你是善良的，内心深处是乐于助人的，你帮助每一个人，就是素昧平生的人有求于你，你也会给予帮助。你的恩惠非常奇特，它对每个人都是敞开的，因此谁都可以自取，两只手能抓多少就取多少，你的恩惠是博大的，是博大无际的，你的恩惠，但是，它是——请原谅我——懒散的。你的恩惠要别人提醒，要人自己去拿。你帮助人要别人叫你，求你，你帮助人是出于害羞，出于软弱，而不是出于快乐。容我坦率地对你说吧，你可以和别人共幸福，而不愿和人共患难。像你这样的人，即使是其中最有良心的人，求他也是很难的。有一次，那时我还是孩子，我从门上的窥视孔里看见有个乞丐按响了你的门铃，你给了他一点钱。还没等他开口向你要，你就迅速给了他，甚至给得很不少，可是你给他的时候心里有点害怕，是慌慌张张递给他的，好把他立即打发走，仿佛你怕看他的眼睛似的。你帮助别人的时候那种忐忑不安、羞羞答答、怕人感激的神态，我永远忘不了。因此我从来也不来求你。当然，我知道，那时即使你还拿不稳这是你的孩子，你也会帮助我的，你也一定会安慰我，给我钱，给我一笔数目相当可观的钱，可是你心里却会悄悄怀着焦躁的情绪，要把这件煞风景的事从你身上推得一干二净。是的，我相信，你甚至要说服我尽早把胎打掉。这是我顶顶害怕的事，因为你所希望的事，我怎么会不去做呢，我又怎么能拒绝你的要求呢！可是这孩子就是我的一切，他也确实是你的。他就是你，但已经不再是那个我无法驾驭、幸福无忧的你了，而是那个永远——我这样认为——给了我的、禁锢在我的身体里、连着我生命的你了。现在我终于把你捉住了，我可以在自己的血管里感到你在生长，感到你的生命在生长，只要我心里忍不住了，我就可以用食品喂你，用乳汁哺你，可以轻轻抚摸你，温柔地吻你。你瞧，亲爱的，因此当我知道，我怀了你的孩子时，我是多么幸福，所以我没有把这事对你说：因为这样，你就再也不会从我身边逃走了。当然，亲爱的，后来的生活也并不全是我原先所想的那种幸福的日子，也有的日子充满了恐惧和烦恼，充满了对人的卑鄙下流的憎恶。我的日子过得很艰难。为了不让我的亲戚发现我怀了孕，并把这事告诉我家里，因此临产前的几个月我不能再到店里去上班了。我不愿向我母亲要钱——我就把身边有的那点首饰卖掉，这样才勉强维持了分娩前那段时间的生活。分娩前一星期，一个洗衣女工从柜子里偷走了我剩下的最后几枚克朗，因此我只得进了一家妇产医院。只有那些身上分文不名的穷人，那些被抛弃、被遗忘的女人在走投无路的时候才到那里去，置身于贫困的社会渣滓之中。这孩子，你的孩子，就是在那里呱呱坠地的。那儿真是叫人活不下去：陌生，陌生，一切都陌生，躺在那儿的人，互相也都是陌生的。大家寂寞孤独，彼此仇视，大家都是被贫困、被同样的痛苦踢进这间沉闷、充满哥罗芳和血腥气、充满叫喊和呻吟的产房里来的。穷人不得不忍受的轻薄，精神上和肉体上的羞辱，在那里我全受过了：我得跟那些娼妓、那些病人挤在一起，她们惯于对有同样命运的病人使坏；我忍受了年轻医生玩世不恭的态度，他们脸上挂着一丝嘲讽的微笑，掀开我这个毫无反抗力的女人的被单，在身上摸来摸去，美其名曰检查；我忍受着女护理人员贪得无厌的私欲——啊，在那里，人的羞耻心被目光钉上了十字架，任凭语言的鞭笞。只有写着你的名字的那块牌子，在那里只有这块东西还是你自己，因为那床上躺着的，只不过是一块抽搐着的、任凭好奇的人东捏西摸的肉，只不过是一个供观赏和研究的对象而已——啊，那些妇女，那些在自己家里为守候着她们的温存爱抚的丈夫生孩子的妇女，她们不懂得举目无亲、不能防卫、像在实验桌上似的把一个孩子生下来是个什么滋味！要是我今天在哪本书里看到"地狱"这个词，我就仍然会不由自主地想到那间塞得满满的、水汽腾腾的，充满了呻吟、狂笑和惨叫的产房，那间宰割着耻心的屠场，我就是在那儿遭的罪。

请原谅，请原谅我说了这些事。可是我就谈这一次，以后永远、永远不再说了。这些事十一年来我一句也没说过，不久我就将闭口不语，直到无垠的永恒，但是我得叫喊一次，嚷一次：为了这个孩子，我付出了多么昂贵的代价啊！这孩子就是我的幸福，如今他躺在那里，已经停止了呼吸。我已经忘掉了那些时刻，在孩子的笑容和声音里，在他的幸福中早就把它们忘在九霄云外了。但是现在孩子死了，痛苦又潜入了我的心头，这一次，就这一次，我得把它从心里倾吐出来。但是我并不是埋怨你，我只是埋怨上帝，是他让这些痛苦到处狂奔乱闯的。我不埋怨你，我向你发誓。我从来没有对你发过脾气。即使我腹痛得蜷缩起来的时候，即使在大学生触摸般的目光下我羞愧得无地自容的时候，即使在痛苦撕裂我的灵魂的时候，我都没有在上帝面前控告过你。对于那几夜，我从来都没有后悔过，从来没有责备过我对你的爱情，我始终都爱着你，一直为你所给我的那个时刻而祝福。假如由于那些时刻我还得再进一次地狱，而且事先知道我将受的苦，那么我还愿意再进一次，我亲爱的，愿意再进一次，再进一千次！

我们的孩子昨天死了——你从来没有见过他。这个活泼可爱的小人儿，你的骨肉，从来没有，就连偶然匆匆相遇也没有过，就是擦身走过时也没有扫视过你的目光。有了这个孩子，我就躲了起来，不见你的面，我对你的相思也不那么痛苦了。自从赐给我这个孩子以后，我觉得我爱你爱得没有先前那么狂热了，至少不像先前那样备受爱情的煎熬了。我不愿把自己分开来，分给你和他两个人，所以我就没有把自己的感情倾注给你，而是一古脑儿全部给了这个孩子，因为你是个幸运儿，你的生活和我不沾边，而这孩子却需要我，我得抚养他，我可以吻他，可以搂着他。看样子我从由于想你——我的厄运——而陷入的神思恍惚的状态中解脱出来了，我是由于这个另外的你，真正属于我的这个你而得救的——只有在很少很少的时候，我的感情才会低三下四地再到你的房前去。我只做一件事：在你生日的时候，我每次都送你一束白玫瑰，和当年我们一起过了第一个恩爱之夜以后，你送给我的一模一样。这十来年当中，你心里是否问过自己，这些鲜花是谁送来的？也许你也想到过你从前送过她这样的玫瑰的那个女人？我不知道，我也不想知道你的回答。我只是暗中把玫瑰给你送过去，一年一次，为了唤醒你对那一时刻的回忆——对我来说，这已经足够了。

你从来没有见过他，没有见过我们可怜的孩子——今天我责备自己，我一直对你隐瞒了他的存在，因为你是会爱他的。你从来没有见过他，没有见过这个可怜的男孩，从来没有见过他的微笑,每当他轻轻抬起眼睑,然后用他那聪明的黑眼睛——你的眼睛——向我,向全世界投来一道明亮而欢快的光芒的时候,他就会微笑,你从来没有见过他的微笑!啊,他是多么快活,多么可爱呀,在他身上天真地再现了你全部轻快的性格,在他身上重演了你那敏捷、驰骋的想象力,他可以接连几小时沉迷在他的玩艺儿里,就像你游戏人生一样,然后他就竖着眉毛,一本正经地坐着看书。他越来越像你了,你所特有的那种既有严肃又有戏谑的性格上的两重性,已经明显在他身上滋长起来了。他越是像你,我就越发爱他。他学习成绩很好,说起法文来真像只小喜鹊,他的作业本是全班最干净的,再说他的模样多好看,穿身黑天鹅绒衣服或是穿件白海员衫是多么帅气。无论走到哪里,他都是最雅致漂亮的。在格拉多①海滨,我跟他一起散步的时候,女人们都停下来,抚摸他那金色的长发;在塞默林②,他滑雪橇的时候,大家都朝他转过头来啧啧称羡。他是这么漂亮,这么娇嫩,这么惹人爱。去年他进了特莱茜娅寄宿中学③,穿了制服,身佩短剑,活像个十八世纪的王室侍从——可是现在他除了身上的一件衬衫之外,别无他物了。这可怜的孩子,他躺在这里,嘴唇苍白,双手交叉

---

① 格拉多,位于亚德里亚海滨,是意大利著名的海滨浴场。
② 塞默林,维也纳附近阿尔卑斯山的一个隘口,是著名的避暑胜地和冬季运动场所。
③ 特莱茜娅寄宿中学,原为奥地利女王玛丽亚·特莱茜娅1746年创办的特莱茜娅贵族学院。1849年以后改为普通文科中学,一直是维也纳一所有名的中学。

叠在一起。

也许你要问我，我怎么能够让孩子在奢华的环境中受教育呢，怎么能够让他享受到上流社会光明、快活的生活的呢？亲爱的，我在黑暗中跟你说话，我没有廉耻了，我要告诉你，但你别吓坏了，亲爱的——我卖淫了。我倒不是那种街头野鸡，不是娼妓，但是我卖淫了。我有很阔的朋友，很阔的情人：先是我去找他们的，后来他们就来找我了，因为我非常之美——不知你注意到没有？每一个我向他委身的男人都喜欢我，感谢我，都依恋我，都爱我——只有你不是，只有你不是，我的亲爱的！

我对你吐露了我卖淫的真情，你会看不起我吗？不会，我知道，你不会看不起我，我知道，你理解这一切，你也将会理解，我只是为了你，为了你的另一个"我"，为了你的孩子才走这一步的。在妇产医院的那间病房里，我就曾经领略过穷困的可怕。我知道，在这个世界上，穷人总是被践踏、被凌辱的，总是牺牲品。我不愿意，无论如何都不愿意让你的孩子，让你的这个开朗、美丽的孩子在深深的社会底层，在小胡同的垃圾堆里，在霉气熏天、卑鄙下流的环境中，在一间陋室的污浊空气中长大成人。不能让他稚嫩的小嘴去说些俚言俗语，不能让他那雪白的身体去穿霉气熏人、皱皱巴巴的寒酸衣裳——你的孩子应该享有一切，世上的一切财富，人间的一切快乐，他应该升到你的地位，升到你的生活范围里去。由于这个原因，只是因为这个原因，我的亲爱的，我卖淫了。对我来说，这不是什么牺牲，因为大家通常称之为名誉、耻辱的东西，对我来说全是空的：你不爱我，而我的身子又只属于你一个人，既然这样，那么我的身子不管做出什么事来，我也觉得是无所谓的了。

男人的爱抚，甚至于他们内心深处的激情，都不能丝毫打动我的心灵，虽然我对他们之中的有些人也有敬重，由于他们的爱情得不到回报而对他们深表同情，这使我想起自己的命运而内心常常深受震动。我所认识的那些男人，他们都对我很好，都很宠爱我，尊敬我。尤其是有位年纪较大、丧了妻的帝国伯爵，就是他为我四方奔走，八方说情，好让特莱茜娅中学录取这个没有父亲的孩子、你的孩子——他像爱女儿那么爱我。他向我求过三四次婚——要是我答应了这门亲事，今天就是伯爵夫人了，就是蒂罗尔①某座迷人王宫的女主人了，我就可以过着无忧无虑的生活，因为孩子有了一个慈祥的父亲，把他当做宝贝，而我身边就有了个文静、显贵和善良的丈夫——我没有答应，无论他催得多么急迫、频繁，也不论我的拒绝是多么伤他的心。也许我做了件蠢事，因为要不现在我便在什么地方过着安静、悠闲的生活了，而把这孩子，这可爱的孩子，带在我的身边，但是——我干吗不向你承认呢——我不愿自己为婚姻所羁绊，为了你，我任何时候都要使自己是自由的。在我内心深处，在我的潜意识里，我一直还在做着那个陈旧的孩

---

① 蒂罗尔，奥地利的一个州，首府在因斯布鲁克。

子梦：也许你会再次把我召唤到你的身边，哪怕只叫我去一小时。为了这可能的一小时，我把一切都推开了，只是为你而保持自己的自由，一听到召唤，就扑到你的怀里。自从童年时代之后青春萌发以来，我的整整一生不外乎就是等待，等待你的意志！

这个时刻果真来到了。可是你并不知道，你没有觉察到，我的亲爱的，就在那个时刻你也没有认出我——永远，永远，你永远没有认出我！以前我常常遇见你，在剧院里，在音乐会上，在普拉特公园里①，在大街上——每次我的心都猛的一抽，但是你的眼光只在我身边一晃而过。当然，外表上我已经完全变成另外一个人了，我从一个腼腆的小姑娘变成了一位妇人，像他们所说的，长得漂亮，衣着十分名贵考究，身边围了一帮仰慕者。你怎么会想到，我就是在你卧室里昏暗灯光下的那个羞答答的姑娘呢！有时候跟我一起走的先生中有一位向你打招呼，你向他答谢，并对我表示敬意，可是你的目光是客气而生疏的，是赞赏的，但从来没有认出我的神情。生疏，可怕的生疏。我还记得，有一次你那认不出我来的目光——虽然我对此几乎已经习以为常了——使我像被火灼了一样痛苦不堪：我跟一位朋友一起坐在歌剧院的一个包厢里，而隔壁的包厢里就是你。序曲开始的时候，灯光熄灭了，你的面容我看不到了，只

---

① 普拉特是维也纳的一座规模很大的自然公园，并以其游乐场而著称，地处多瑙河和多瑙运河之间。

感到你的呼吸挨我很近，就像当年那个夜晚那样近，你的手，你那纤细、娇嫩的手，支撑在我们这两个包厢铺着天鹅绒的栏杆上。一种强烈的欲望不断向我袭来，我想俯下身去卑躬屈节地吻一吻这只陌生的、如此可爱的手，过去我曾经领受过这只手温存多情的拥抱呀！我耳边音乐声浪起伏越厉害，我的欲望也越狂热，我不得不攥紧拳头，使劲控制住自己，我不得不强打精神，正襟危坐，一股巨大的魔力把我的嘴唇往你那只可爱的手上吸引过去。第一幕一完，我就求我的朋友跟我一起走。在黑暗中你如此生疏，如此贴近地挨着我，我再也忍受不住了。

但是这时刻来到了，又一次来到了，最后一次闯进了我这无声无息的生活之中。那差不多正好是一年以前，你生日的第二天。奇怪，我时时刻刻都在想着你，你的生日我每年都是过节一样来庆祝。一大早我就出门去买了这些年每年都派人给你送去的白玫瑰，作为对那个你已经忘却了的时刻的纪念。下午我带着孩子一起乘车出去，把他带到戴默尔点心铺①，晚上带他去看戏。我想让他从少年时代起就感觉到，他也应该感觉到，这一天是个神秘的节日，虽然他对这个日子的意义并不了解。第二天我就和我当时的朋友，布吕恩的一位年轻、有钱的工厂主待在一起。我已经和他同居两年了，是他的掌上明珠。他娇我宠我，也同别人一样要跟我结婚，而我也像对别人一

---

① 戴默尔点心铺，维也纳的一家高级点心铺。

样，莫名其妙地拒绝了他，尽管他馈赠厚礼给我和孩子，尽管他本人有点儿呆板，有点儿谦卑，但心地善良，人还是很可爱的。我们一起去听音乐会，在那里碰到一帮兴高采烈的朋友，随后大家便到环城马路的一家饭馆去共进晚餐，在欢声笑语之中，我提议再到塔巴林舞厅去跳舞。本来我对这种灯红酒绿、醉生梦死的舞厅，以及夜间东游西逛的行为一向都很反感，平素别人提议到那儿去，我总是竭力反对的，但是这一次——我心里像有一种莫名的神奇力量，使我突如其来地、本能地做出了这个提议，在在座的人当中引起一阵激动，大家都兴高采烈地表示赞同——我却突然产生了一个无法解释的愿望，仿佛那里有什么特别的东西在等着我似的。他们大家都习惯于迎合奉承我，便迅速站起身来。我们大家一起来到舞厅，喝着香槟酒，突然我心里产生了一种从未有过的疯狂的、然而又差不多是痛苦的兴致。我喝酒，跟着唱一些拙劣的、多愁善感的歌曲，心里产生了一种想要跳舞、想要欢呼的欲望，几乎无法摆脱开。可是突然——我觉得仿佛有种什么冷冷的或者灼热的东西猛的放到了我的心上——我竭力振作精神，正襟危坐：你和几个朋友坐在邻桌，用欣赏的、色迷迷的目光看着我，用那种每每把我撩拨得心襟摇荡飘摇的目光看着我。十年来你第一次又以你气质中所具有的全部本能的、沸腾的激情盯着我。我颤抖了。我举着的酒杯差一点儿从我手中掉落下来。幸好同桌的人没有注意到我心慌意乱的神态，它在音乐和欢笑的喧嚣中消失了。

你的目光越来越灼人，使我浑身灼烫如焚。我不知道，你到底是，到底是认出我来了呢，还是把我当做另外一个女人，一个陌生女人，而想把我弄到手？热血涌上了我的双颊，我心不在焉地和同桌的人答着话：你一定注意到了，我被你的目光弄得多么心慌意乱。你脑袋一甩，向我示意，别人根本没有觉察到，你示意我到前厅去一会儿。接着你就十分张扬地去付账，告别了你的朋友，走了出去，临走前又再次向我暗示，你在外面等着我。我浑身直哆嗦，像是发冷，又像发烧，我答不出话来，也控制不住冲动起来的热血。在这一瞬间正好有一对黑人，用鞋后跟踩得啪啪直响，嘴里发出尖声怪叫，开始跳一个奇奇怪怪的新舞蹈，所有的眼睛都注视着他们，而我正好利用这一瞬间。我站起身来，对我的朋友说，我马上就回来，说着就跟着你出来了。

你站在外面前厅里的衣帽间前面等着我。我一来，你的目光就亮了起来。你微笑着快步朝我迎来。我马上看出，你没有认出我来，没有认出从前的那个孩子，没有认出那个少女来，你又一次把我当成一个新欢，当成一个素不相识的人，想把我弄到手。"您也给我一小时行吗？"你亲切地问道——你那副十拿九稳的样子使我感觉到，你把我当做做夜间生意的野鸡了。"好。"我说。这是同样的一个颤抖的、但却是不言而喻地表示同意的"好"字，十多年前在灯光昏暗的马路上那位少女曾经对你说过这个字。"那么我们什么时候可以见面？"你问道。"您什么时候愿意就什么时候见。"我回答说——在你面前我不感到羞耻。你略为有点惊讶地望着我,眼睛里带着和当年完全一样的那种狐疑、好奇的惊讶,那时我十分迅速的允诺也曾同样使你感到惊异。"您现在可以吗?"你略为有些迟疑地问道。"好,"我说,"我们走吧。"

我想到衣帽间取我的大衣。

这时我想起,存衣单还在我朋友那里,因为我们的大衣是存放在一起的。转去问他要吧,没有一大堆理由是不行的,另一方面,要我放弃同你在一起的时刻,放弃这个多年来我朝思暮想的时刻,我又不愿意。于是,我一秒钟也没迟疑,只拿条围巾披在晚礼服上,就走到外面湿雾弥漫的夜色中去了,根本没去管那件大衣,也没有去理会那个情意绵绵的好人,多年来我是靠他生活的,而我却当着他朋友的面使他成了个可笑的傻瓜,出他的洋相:他结识多年的情妇,一个陌生男人打了个口哨,就跑掉了。啊,我内心深处意识到,我对一位诚实的朋友所做的事是多么低贱下流、忘恩负义、卑鄙无耻啊,我感到,我做的事很可笑,我以自己的疯狂行为使一个善良的人受到了永久的、致命的精神创伤,我感到,我把自己的生活从正中间撕成了两半——同我急于再一次吻你的嘴唇,再一次听你温柔地对我说话相比,友谊对我来说算得了什么,我的存在又算得了什么!我就是如此地爱你。现在一切都过去了,都消逝了,此刻我可以告诉你了,我相信,哪怕我已经死在床上,假如你呼唤我,我就会立即获得一种力量,站起身来,跟着你走。

门口停了一辆车,我们把车开到你的寓所。我又听到了你的声音，感到你情意绵绵地就在我的身边，我感到如此陶醉，如此孩子气的幸福，简直不知所措，和当年完全一样。事隔十多年，我第一次重又登上了这楼梯——不，不说了，我无法向你描述，在那些瞬间，我对一切总是有着双重的感觉，既感觉到流去的岁月，又感觉到现时的光阴，而在这一切之中，只感觉到你。你的房间变化不大，多了几幅画，添了几本书，有几处地方添了几件以前没见过的家具，不过我对一切都感到十分亲切。书桌上放着花瓶，瓶里插着玫瑰，插着我的玫瑰，这是前一天你过生日的时候我送你的，以纪念一个女人。对于她你已经记不起来，也认不出来了，即使现在她正在你的身边，手拉着手，嘴唇贴着嘴唇，你也认不出她了。不管怎么说，这些鲜花你供养着，这使我心里高兴：这样总还有我心底的一片情分，还有我的一缕呼吸萦绕着你。

你把我搂在你的怀里。我又在你那里过了一个风流夜晚。不过我赤裸着身子的时候，你也没有认出我来。我幸福地承受着你娴熟的温存和情意，并且看到，你的激情对一个情人和一个妓女是没有区别的。你纵情恣欲，毫不在乎消耗掉自己大量的元气。你对我这个从夜总会叫来的女人是如此温柔，如此多情，如此风雅，如此亲切敬重，而同时在消受女人的时候又是如此激情奔放。我陶醉在往日的幸福之中，又感觉到了你这种独一无二的心灵上的两重性，在肉欲的激情之中含着意识的，亦即精神的激情，这种激情当年就已经使我这个女孩子对你俯首听命，难舍难分了。我从来没有见过一个男人在柔情蜜意之中，在那片刻之际是如此不要命，如此一览无遗地暴露自己的灵魂——当然，时过境迁，此事也就被无情无义地掷进无边无际遗忘的汪洋大海里去了。不过我自己也忘了自己：此时在黑暗中挨着你的我到底是谁？我就是往昔那个感情炽烈的姑娘吗？就是你孩子的母亲，就是这个陌生女人吗？啊，在这个销魂之夜，这一切是多么亲切，多么熟悉，又是多么新鲜。我祈祷，但愿这一夜永无尽头。

但是黎明来临了，我们起得很迟，你请我跟你一起去吃早餐。侍者老早就谨慎地摆好了茶，我们一起喝着，聊着。你又用那种非常坦率、亲切的知心人的态度跟我说话，又是不谈任何不得体的问题，对我这个人的情况一句也不打听。你没有问我的姓名，没有问我的住处。对你来说，这只不过又是春风一度，是件无名的东西，是一刻火热的时光在忘却的烟雾中消散得无影无踪。你说，你现在要出远门了，要到北非去两三个月。我在幸福之中颤抖了起来，因为这时我的耳边响起了一个声音：完了，完了，已经忘了！我真恨不得扑到你的膝下，大声呼喊："带着我去，你终究会认出我来的，终究，终究，过了这么多年之后，你终究会认出我来的！"但是在你面前我是如此腼腆，如此胆怯，如此软弱，如此奴性十足。我只能说："多遗憾啊。"你笑嘻嘻地看着我，说："你真觉得遗憾吗？"

这时我野性突发。我站起来，盯着你，长时间地、紧紧地盯着你。接着我说："我过去爱过一个人，他也老是出门旅行。"我盯着你，目光直刺你眼睛里的瞳仁。"现在，现在他会认出我来了！"我浑身战栗，心都快要跳出来了。可是你却对我微笑着，安慰我说："会回来的。""是的，"我回答说，"会回来的，不过到那时也就忘掉了。"

我跟你说话的样子，一定有点特别，一定很有激情。因为你站了起来，凝视着我，十分诧异，充满爱怜。你抓着我的肩膀，"美好的东西是忘不了的，我永远也忘不了你。"你说，同时低下头来，目光直射进我的心里，仿佛要把我的形象深深印在你的脑海里似的。我感到这目光透进了我的心灵，在探索、追踪、在吮吸我的整个生命，这时我以为，盲人终于、终于复明了。他要认出我了，他要认出我了！我的整个灵魂都沉浸在这个想法之中，颤抖了。

可是你并没有认出我。没有，你没有认出我，在你的心目中，我此刻比以往任何时候都更为陌生，因为否则——否则你就绝对不可能干出你几分钟以后所干的事来。你吻了我，又一次热烈地吻了我。我的头发乱了，我得把它重新整理好。我站在镜子前面，这时我从镜子里看到——我羞惊难言，几乎摔倒在地——我看到，你正小心翼翼地把几张大钞票塞进我的暖手筒里去。这一瞬间，我怎么会没有叫起来，没有给你一个耳光呢！——我，我从童年时代起就爱你了，我是你的孩子的母亲，而你却付给我钱，为了这一夜！在你的心目中我是一个塔巴林的妓女，只不过如此而已——你就付钱给我！被你忘了，这还不够，我还得受凌辱？！

我迅速收拾我的东西。我要离去，马上离去。我的心都碎了。我伸手去拿我的帽子，帽子就搁在书桌上那只插着白玫瑰、插着我的白玫瑰的花瓶旁边。这时我心里又产生了一个强烈的、不可抗拒的希望：我要再来试一试，提醒你想起往事，"你愿意给我一朵你的那些白玫瑰吗？""好啊。"说着，你立即取了一朵。"可是这些玫瑰也许是一个女人、一个爱你的女人给你的吧？"我说。"也许是，"你说，"我不知道。花是别人送的，我不知道是谁送的。正因为这样，我才如此喜欢这些花。"我凝视着你，"说不定也是一个已经被你忘却的女人送的呢！"

你不胜惊讶，我死死地盯着你。"认出我吧，最后认出我来吧！"我的目光在呼喊。但是你的眼睛亲切地、莫名其妙地微笑着。你又再一次吻我。可是你并没有认出我来。

我快步走到门口，因为我感觉到眼泪要涌出来了，可不能让你看见。我急忙奔了出去，跑得太急，在前屋差点儿同你的仆人约翰撞个满怀。他怯生生的忙不迭闪到一边，打开房门让我出去，就在这时——就在这一秒钟，你听见了吗？就在我眼噙泪水看着他、看着这位面容衰老的仆人的一秒钟里，他的眼里突然一亮。在这一秒钟，你听见了吗？在这一秒钟，这位从我童年时代过后就一直没有见过我的老人认出了我。为了这个，我真要跪倒在他面前，吻他的手。我迅速从暖手筒里把钞票，把你用来鞭笞我的钞票扯出来，塞给了他。他哆嗦着，不胜惊讶地注视着我——在这一瞬间他比你在一生中对我的了解还多。所有的人都很娇惯我，大家都对我很好——只有你，只有你，只有你把我忘掉了，只有你，只有你从来没有认出我！

我的孩子死了,我们的孩子——现在这个世界上,我除你之外再没有一个好爱的人了。但是对我来说你又是谁?你,你从来都没有认出过我,你从我身边走过像是从一条河边走过,你踩在我身上如同踩着一块石头,你总是走啊,不停地走,却让我在等待中消磨一生。我曾经以为在这孩子身上可把你这个逃亡者抓住了,但是这毕竟是你的孩子:一夜之间他就残酷地离开我旅行去了,把我忘掉了,永远不回来了。我又是孤单单的一个人了,比以往任何时候还孤单。我什么都没有,你的东西我什么都没有了——再没有孩子了,没有一句话,没有一行字,没有一点回忆。假若有人在你面前提起我的名字,对你来说是生疏的,你也就这只耳朵进,那只耳朵出。我为什么不乐意死去,因为对你来说我已经死了。我为什么不走开,因为你已经离开了我。不,亲爱的,我不是埋怨你,我不愿把我的哀愁掷进你快乐的屋子里去。请不用担心我会继续来逼你——请原谅我,此刻孩子已经死了,孤零零地躺在那里,此刻我得让我的灵魂呼喊一次。只有这一次我必须得跟你说——说完我就默默地重新回到我的晦暗中去,就像我一直默默地在你身边一样。但是只要我活着,你就不会听到我这呼喊——只有我死了,你才会收到一个女人的这份遗嘱,这个女人在她生前爱你胜过所有的人,而你始终没有认出她;她曾经一直等你,而你从来没有召唤过她。也许,也许将来你会召唤我,而我将第一次没有忠实于你,那是因为我死了,再也不会听到你的召唤了:我没有留给你一张照片,没有留给你一件信物,就像你什么也没有留给我一样。你永远、永远也不会认出我了。我活着命运如此，死后命运也依然如此。在我生命的最后一刻，我不想叫你了，我去了，你连我的名字、我的面容都不知道。我死得很轻松，因为你在远处是不会感觉到的。倘若我的死会使你感到痛苦，那我就不会死了。

我写不下去了……我的脑袋里嗡嗡直响……我四肢疼痛，我在发烧……我想，我得马上躺下。也许很快就过去了，也许命运会对我大发慈悲，我不必看着他们把孩子抬走……我写不下去了。永别了，亲爱的，永别了，我感谢你……不管怎么，事情这样还是好的……我要感谢你，直到我最后一口气。我感到很痛快：我把一切全对你讲了，现在你就知道，不，你只会感觉到，我曾经多么爱你，而你在这爱情上却没有一丝累赘。我不会让你痛苦地怀念的——这使我感到安慰。在你美好、光明的生活里不会发生任何变化……我并不拿我的死来做任何有损于你的事……这使我感到安慰，你，我的亲爱的。

可是谁……现在谁会在你的生日老送你白玫瑰呢？啊，花瓶也将是空的了，我的一缕呼吸，我心底的一片情分，往昔一年一度萦绕在你的身边，从此也即烟消云散了！亲爱的，听着，我求你……这是我对你的第一个，也是最后一个请求……请你做件让我高兴的事，你每逢生日——生日是一个想起自己的日子——都买些玫瑰来供在花瓶里。请你这样做，亲爱的，请你这样做吧，像别人一年一度为亲爱的亡灵做次弥撒一样。我可不再相信上帝了，所以不要别人给我做弥撒，我只相信你，我只爱你，我只想继续活在你的心里……啊，一年只要一天，悄悄地、悄悄地继续活在你的心里，就像过去我曾经活在你身边一样……我求你这样去做，亲爱的，这是我对你的第一个，也是最后一个请求……我感谢你……我爱你，我爱你……永别了……"

他从颤抖着的手里把信放下，然后就久久地沉思。某种回忆浮现在他的心头，他想起了一个邻居的小孩，想起一位姑娘，想起夜总会的一个女人，但是这些回忆模模糊糊，朦胧不清，宛如一块石头，在流水底下闪烁不定，飘忽无形。影子涌过来，退出去，可是总构不成画面。他感觉到了一些藕断丝连的感情，却又想不起来。他觉得，所有这些形象仿佛都梦见过，常常在深沉的梦里见到，然而仅仅是梦见而已。

他的目光落到了他面前书桌上的那只蓝花瓶上。花瓶是空的，多年来在他过生日的时候第一次是空的。他全身觳觫一怔：他觉得，仿佛一扇看不见的门突然打开了，股股穿堂冷风从另一世界嗖嗖吹进他安静的屋子。他感觉到死亡，感觉到不朽的爱情：一时间他的心里百感交集，他思念起那个看不见的女人，没有实体，充满激情，犹如远方的音乐。

一个女人一生中的二十四小时

战争①爆发前十年，当时我住在里维埃拉②的一座小公寓里。有次在饭桌上发生了一场激烈的讨论，想不到竟演变成粗野的争执，甚至差点闹到彼此恶语相加、互相侮辱的地步。当今大多数人的想象力都很迟钝，不管什么事，只要它与自己无关，只要它没有像一个尖利的楔子一样打进脑袋，他们就不会大动肝火，可是事情一旦发生在他们眼前，直接触动到他们的感情，那么，即使是一件微不足道的小事，也会立即在他们心里引起过分的激动。于是他们便一反往日少管闲事的常态，显出蛮不讲理、气势汹汹的样子。

这次，在我们同桌吃饭的这些十足的平民百姓身上所表现

---

① 指第一次世界大战。
② 里维埃拉，地中海沿岸地区，是著名的旅游胜地。

出来的就是这种情景。平日这帮人在一起心平气和地 small talk①，互相开点无伤大雅的小玩笑，通常吃完饭大家马上就散开了：那对德国夫妇外出观光游览，拍照留影；胖子丹麦人不嫌单调乏味，独自去钓鱼；举止文雅的英国太太接着看她的书；那对意大利夫妇则到蒙特卡洛②去豪赌；我呢，不是偷闲在花园里的椅子上一躺，就是工作。可是这次，那场激烈的讨论把我们大家完全纠缠在一起了，吃完饭大家都坐着，谁也没有走。我们中要是有人突然一跃而起，那绝不似平日那样站起来彬彬有礼地向大家告退，而是在脑袋发热、心中愤怒的状态下——这我在前面已经说过——所采取的不加掩饰的激愤形式。

把我们桌上这一小拨人拴在一起的那件事，确实够奇怪的。我们七个人下榻的那个公寓从外表看虽然好似独幢别墅——啊！从窗口眺望悬岩峥嵘的海滨真是妙不可言——但实际上它只不过是皇宫大饭店的附属建筑，收费低廉，通过花园同大饭店相连，所以这们这些住公寓的客人同住大饭店的客人常有来往。前天，饭店里发生了一件确凿无疑的桃色事件：一位年轻的法国人乘中午十二点二十分的火车——我不得不准确地把时间交待清楚，因为它无论对这段插曲还是对那场激动谈话的主题都是非常重要的——来到这里，租了一间滨海房间，

---

① 英语：闲聊。
② 世界著名的赌城，在摩纳哥公国境内。

可以眺览大海，视野非常好，这本身就说明他相当富裕。而使其引人注目、给人以好感的，不仅是他谨慎优雅的风度，更主要的是他那超群绝伦、人见人爱的俊美：一张修长的姑娘般的脸庞，热情而性感的嘴唇上长着一圈轻柔、金黄的短髭，柔软的褐发卷曲在白净的额头上，温柔的眸子投给你的每一瞥都似一次爱抚——他身上的一切都显得柔情绰态，风致韵绝，而毫不扭捏作态，娇揉造作。如果说远远见到他首先会使人觉得有点像陈列在时装店橱窗里的那些表现理想的男性美、拿着精美手杖、风度翩翩的肉色蜡像的话，那么走近一看却全然没有一丝纨绔之气，因为他身上的俊秀纯属天然，与生俱来，宛如从肌肤里长出来那样，实属罕见。他从旁边走过时，总要以同样谦恭亲切的方式向每个人打招呼，见他在各种场合无拘无束地展现的那份时时作好外出准备的潇洒劲儿，真让人赏心悦目。若是有位女士往存衣处走去，他总要赶忙迎上前去，帮她脱下大衣。对于每个孩子他都会亲切地看上一眼或是说句逗乐的话，显得既平易近人又不张扬惹眼——总之，看起来他就是那种幸运儿，他们凭借得到验证的感觉，深信能以自己俊美的面庞和青春的魅力使别人满面春风，并将这种自信变成新的优雅风度。有他在场，对饭店里大多数年老或者有病的客人来说不啻是一种恩惠。他以那种青春的胜利步伐，逍遥自在、清新潇洒的生命风暴赋予了许多人美的享受，使得每个挤到前面来看他的人都无可抗拒地对他产生好感。他来了两个小时就已经在同里昂来的两位姑娘打网球了。她们是那位身宽体胖的富有工厂主的女儿，十二岁的安内特和十三岁的勃朗希。女孩儿的母亲，那位秀美、窈窕、性格内向的亨丽埃特夫人面露微笑，在一旁看着两位羽翼未丰的女儿在下意识地卖弄风情，同那位陌生的年轻人调情。晚上，他在我们的棋桌旁观看了一个小时，这当间随便讲了几个有趣的奇闻轶事，随后又陪亨丽埃特夫人在饭店的屋顶平台上长时间地踱来踱去，而她丈夫则像往常一样，同一位生意上的朋友玩多米诺骨牌。夜里我注意到，他还在办公室的暗影里同饭店的女秘书促膝谈心，神态之亲密简直令人生疑。第二天早晨，他陪我的丹麦同伴出去钓鱼，他在这方面所显示的知识实在令人惊讶。后来又同里昂来的那位工厂主聊了很久的政治，在这方面他也证明自己同样很精通，因为别人听到这位胖胖的先生开怀的笑声竟盖过了海浪的轰鸣。午饭后，他再次单独陪亨丽埃特夫人坐在花园喝了一个小时黑咖啡，又同她的女儿打了网球，同那对德国夫妇在大厅里闲聊了一阵。我之所以那么详尽地记下他在各个时间段的时间安排，那是因为这对了解这里的情况是完全必要的。下午六点钟我去寄信，又在火车站遇见了他。他急忙朝我走来，仿佛要向我告辞似的。他说，他突然接到来信，叫他回去，两天后他仍将回来。晚上，他果然没在餐厅里出现，但这只是他的人不在，因为每张桌上都还在谈论他，大家交口赞赏他那种舒适、快活的生活方式。

夜里，大约将近十一点钟的时候，我坐在屋里，想把一本书看完。这时，从打开的窗户里突然听到花园里有不安的叫喊声，又看到那边饭店里一片忙乱的景象。我觉得好奇，但更感到不安，于是马上过去，跑了五十步就到了那边。我发现所有的客人和饭店职工个个张皇失措，乱作一团。原来亨丽埃特夫人每天晚上都要到海滨坡地上去散步。今天，在她丈夫照例准时同那穆尔①来的朋友玩多米诺骨牌的时候，她就去那儿散步，此时还未回来，大家担心她会遭到什么不测。她那位身宽体胖、平时行动迟缓的丈夫现在像头公牛似的一再向海滩奔去，并朝着黑夜高声呼喊"亨丽埃特！亨丽埃特！"由于紧张，声音都变了，这呼唤听起来像是一只受到致命伤害的巨兽发出的原始而可怕的悲号。茶房和侍役们惊恐不安地从楼梯上跑上跑下，所有客人都被叫醒，并打电话报告了警察局。这当间，那位胖丈夫敞着坎肩，一面不停地跟跟跄跄、磕磕绊绊地奔来奔去，一面抽抽噎噎，徒劳地朝黑夜呼唤"亨丽埃特！亨丽埃特！"这时楼上的两个女儿也醒了，穿着睡衣，从窗口朝楼下呼喊她们的母亲，于是父亲又急忙跑上楼去宽慰她们。

随后发生了一件骇人听闻的事，简直难以复述，因为人在遭受巨大打击的瞬间，精神极其紧张，他的举止往往表现出一种悲剧色彩，无论用图画还是文字都无法以同样的雷霆之力将其再现。突然，那位笨重、肥胖的丈夫从嘎吱作响的楼梯上下来，脸色也变了，显得十分疲倦，但却十分愤怒。他手里拿了一封信。他以刚好还能听得清的声音对人事部主任说："请您

---

① 比利时的一个城市。

叫大家回来，不用再找了。我夫人抛弃了我。"

这就是这位受到致命打击的男人的态度，是他在周围这些人面前所表现出的超乎常人的态度。这些人本来都怀着好奇心争先恐后地来看他，现在突然大吃一惊，个个感到很难为情，人人不知所措，便纷纷离他而去。他剩下的力气正好还够摇摇晃晃地从我们身边走过，谁都没看一眼，只是走进阅览室去关掉电灯。随后就听见他沉甸甸的庞大身躯"砰"地一声跌落在靠背椅里，并听到一阵"呜呜"的啜泣，像野兽的嗷嗷声，只有从来没有哭过的男人才会有这种哭法。这种刻骨铭心的痛苦对我们每个人，即使是最鄙陋的人，都具有一种麻醉力。无论是茶房还是怀着好奇心悄悄走来的客人，谁都不敢发出一丝笑声或说一句惋惜的话。我们大家都默默无言，对这场可以击碎一切的感情爆炸好像感到羞愧似的，一个接一个地溜回了各自的房间，只有那位被击倒的人独自在黑暗的房间里啜泣。后来大厦的灯光慢慢熄灭了，但人们还在交头接耳，嘀嘀咕咕，窃窃私语。

人们将会理解，拿这么一桩雷击般落在我们眼前的事件来狠狠地刺激一下那些平时只习惯于悠闲自在、无忧无虑地消磨时间的人大概是非常合适的。但是，随后我们餐桌上爆发的那场讨论，那场如此激烈、差点儿激化为拳脚相加的讨论，虽然是这桩令人惊异的事件引起的，然而从实质上来说，它更是相互对立的人生观所引发的一场大动干戈的冲突和对它们的一次原则性阐述。这位精神彻底崩溃的丈夫一时气昏了头，将手里的信揉成一团,随手往地上一扔。一个侍女捡了信来看,并不慎泄露了秘密,因而大家很快都知道了,亨丽埃特夫人不是独自,而是同那位年轻的法国人串通一气出走了。这样一来,大多数人原来对那位年轻的法国人所抱的好感,瞬息之间就烟消云散了。现在,一眼就看得明明白白:那位瘦小的包法利夫人将她肥胖的、土里土气的丈夫换成了一位风流倜傥、年轻潇洒的美男子。然而,使得饭店里所有的人激动不已的,却是以下这一情况:无论是这位工厂主还是他的两个女儿,或者亨丽埃特夫人先前都从未见过这位 Lovelace①,那么,使得一位大约三十三岁左右、品德无可指摘的女人一夜之间就把自己的丈夫和两个孩子抛弃,随随便便跟一位素不相识的纨绔子弟远走高飞的,有傍晚时分在平台上的两个小时谈话和花园里喝一小时黑咖啡这两件事大概就足够了。对于这个表面上显而易见的事实,我们桌上的人却一致不予苟同,大家认为,那是这对情人施放的刁钻烟幕和耍的狡猾花招:不言而喻,亨丽埃特夫人同这位年轻人一定早就有了秘密来往。这位情郎这次是专为商定私奔的最后细节而来这儿的,因为——大家这样推断——一位正派夫人同一个男子结识仅两个小时,听到一声吆喝就随他私奔,这是完全不可能的。我觉得,提出一个不同看法倒是蛮有趣的,我竭力为这样一种可能性辩护:我认为,一个多年来对婚后生活感到无聊和失望的女人,心里早已作了坚决的准备,

---

① 英语:花花公子。

一旦有人追她，就随他而去，这种情况是极有可能的。由于我出其不意地提出了异议，讨论立刻就吸引了每个人，尤其因为德国和意大利这两对夫妇的论点而变得颇为激烈：他们带着毫不掩饰的侮辱和轻蔑的神情否定有 coup de foudre① 的情况存在，若是有，那也只是愚蠢的行为，是无聊小说里的想入非非。

好了，这场争吵从喝汤开始一直持续到吃完布丁为止，这里再来把狂风暴雨般争论的各个细节咀嚼一遍，确实没有必要：只有对那些 Professionals der Table d'hote② 这种争论才是司空见惯的，餐桌上偶然发生一次争论，情绪都很激动，但所持的论点往往很平庸，因为那只是匆忙之中随便捡起来的。我们的讨论何以会急速发展到恶语中伤的程度，这也很难说得清楚。我觉得，由于德国和意大利的这两位丈夫下意识地想要将他们各自的夫人排除在有堕入深渊的极其危险的可能性之外，从这时起争论就开始有了火药味。可惜这两位找不到有力的论据来反驳我，他们说，只有那种只根据偶然的、单身男子廉价地征服女人的例证来判断女人心理的人，才会持那种观点。这话已经使我有几分生气了，而那位德国夫人还拿一大堆废话来教训人，说什么世上一方面有真正的女人，另一方面也有"天生的娼妓"，照她的看法，亨丽埃特夫人准保就是其中

---

① 法语：本意"电击"，意为"一见倾心"。
② 法语：在公寓里吃饭的人。

之一。这话更是火上浇油,我再也忍耐不住了,于是便立即采取进攻姿态。我说,一个女人在其一生的某些时刻处于神秘莫测的力量控制之下,只好任凭摆布,这既非她的意愿,她自己也不知晓,这是明摆着的事实,否认这个事实,只不过是为了掩盖对自己的本能,对我们天性中的恶魔成分的恐惧罢了。看来,这样做许多人可以自得其乐,并觉得自己比那些"容易上钩"的人更坚强、更纯洁、更高尚。我个人还觉得,一个女人如果不是像常见的那样,躺在丈夫怀里闭着眼睛欺骗丈夫,而是无拘无束、热情奔放地听从自己的本能,这样倒更为诚实。我大致就说了这些话。在这火药味十足的谈话中,别人对可怜的亨丽埃特夫人攻击得越厉害,我为她的辩护也就越发慷慨激昂,这实际上已经远远超出了我内心的感情。我的这种热情,用大学生的话来说,是对这两对夫妇的挑战。他们像是不很和谐的四重奏,恶狠狠地一起向我反扑过来。上了年纪的丹麦人表情和蔼地坐在这里,宛如足球比赛时手握跑表的裁判,不得不时时用指骨敲敲桌子,以示警告"Gentlemen, please"①。不过,每次只能起一会儿作用。一位先生满脸涨得通红,已经三次从桌旁跳了起来,他夫人费了好大劲才把他按下去。总而言之,要不是 C 夫人突然出来调解,把这场火药味很浓的谈话平息下去,那么过不了十几分钟,我们这次讨论大概会以拳脚相加来结束的。

---

① 英语:先生们,请注意。

C夫人，这位满头银发、气宇不凡的英国老太太，是我们这桌非选举的名誉主席。她坐在座位上，腰板挺直，对每个人的态度总是同样地和蔼可亲，自己不多说话，但却总是兴致勃勃地倾听别人的意见，单就她的体态风度就给人一个赏心悦目的印象：收心养性的奇妙神态和温文尔雅的风采显露出她雍容高贵的气质。虽然她善于用巧妙的手腕对每个人都表示特殊的亲切姿态，但仍都保持着一定的距离：通常她总是坐在花园里看书，有时弹弹钢琴，很少见她同别人呆在一起或者加入热烈的谈话。大家不太注意她，然而她对我们大家却拥有一种特殊的影响，她第一次参与我们的谈话，我们大家就都为自己说话声音太大，未加克制而感到很不好意思。

就在这位德国先生粗暴地跳起来，随即又被轻轻按住，重新在桌旁坐下的当间，C夫人就趁这个令人不快的间歇，出乎意料地抬起她那双亮晶晶的灰色眼睛，犹疑地对我凝视了一会儿，接着便以几乎客观明确的语气按她自己的理解提起了一个话题：

"这么说，如果我没有理解错的话，您相信亨丽埃特夫人，相信一个女人会无辜地被卷进一桩突如其来的绯闻，相信确有一些这样的女人，会做出一小时之前她们自己都认为不可能、而且几乎也不能由她们来负责的行动？"

"我绝对这样相信，夫人。"

"这样说来，任何道德评判都是毫无意义，任何有伤风化的行为都是合理的了。您要是真的认为，法国人所说的 crime passionnel① 不成其为 crime②，那么还要国家司法机关干吗？什么事不是都得靠并不很多的良好愿望了吗？想不到您的良好愿望有那么多，"她轻轻一笑，补充一句说，"在每个罪行中都可找出一种热情来，有了这种热情，罪行也就可以加以宽恕。"

她说话的声调清晰而快乐，我听了感到分外舒坦。我下意识地模仿她的客观态度，同样以半开玩笑半认真的方式回答道："国家司法机关对这类事情的裁决肯定比我严厉。它们的职责是毫不留情地维护共同的风俗习惯，它们必须作出裁决，而不是给予宽恕。作为一个人，我看不出我为什么要主动担当起检察官的角色，我宁愿当个辩护人。就我个人来说，理解人所得到的乐趣要比审判人所得到的大得多。"

C夫人睁着亮晶晶的灰色眼睛从上到下将我端详了一番，显出犹犹豫豫的样子。我担心她没有正确理解我的意思，准备把刚才的话再用英语向她重复一次。可是她却像在主考一样，以一种严肃得有点奇怪的神情继续提问：

"一个女人扔下丈夫和两个女儿，随便跟人跑了，而她压根儿还不知道这人是否值得她爱，您不觉得这事很可鄙，很丑恶吗？这女人毕竟不算很年轻了，为自己的孩子着想，她也必须学会自尊，可是她却如此不知检点，如此轻率，对于这样的

---

① 法语：热情导致的罪行。
② 法语：罪行。

女人您真能原谅她吗？"

"我再说一遍，尊敬的夫人，"我重申自己的看法，"在这种情况下，我不愿作出判断，也不愿去谴责。在您面前，我可以坦率地承认，先前我说的话有点儿过火——可怜的亨丽埃特夫人肯定不是女英雄，连风流女子都不是，更够不上是个grande amoureuse①。就我所了解的，我觉得她只不过是一位平凡而又软弱的女人。我对她怀有一些敬意，因为她勇敢地顺应了自己的意愿，然而我却更多地为她感到遗憾，因为要不是今天，那明天她一定会很不幸的。她的做法也许很愚蠢，过于轻率，但绝不卑鄙下流。我始终认为，谁也没有权利鄙视这个可怜的、不幸的女人。"

"那么您自己呢，您还对她怀有同样的尊重和敬意吗？在那位您前天曾同她在一起呆过的尊敬的女人和这位昨天跟一个素不相识的人私奔的女人之间，您觉得没有一点儿区别吗？"

"没有一点儿区别。没有一丝一毫的区别。"

"Is that so？"② 她下意识地说起了英语。很奇怪，她似乎老是在思考整个谈话。她思索了片刻之后，又抬起她那清澈的目光，询问式地望着我：

"倘若您明天，我们假定说在尼查，遇到亨丽埃特夫人，见她挽着那位年轻男子的胳膊，您还会向她打招呼吗？"

---

① 法语：伟大的情人。
② 英语：是真的？

"当然。"

"会跟她说话?"

"当然。"

"您是否会——假如您……假如您结了婚,会把这么一个女人介绍给您夫人,就像什么事也没有发生过?"

"当然。"

"Would you really?"① 她又说起英语来,显出难以置信、十分诧异的样子。

"Surely I would."② 我也不觉用英语回答。

C夫人沉默了。她似乎还一直在认真思考着。突然,她一面注视着我,一面说,好像对自己的勇气感到很惊讶:"I don't know, if I would. Perhaps I might do it also."③ 说完,她已胸有成竹,便站起身来,亲切地把手伸给我,这就结束了谈话,又不显得唐突,只有英国人最善于用这种方式。在她的影响下,我们桌上又恢复了平静,大家心里都很感激她。我们这些人,方才还是对立的,现在都心有歉意、客客气气地互相打着招呼,几句轻松的玩笑话就缓和了刚才火药味很浓的气氛。

我们的讨论虽然最后似乎是以绅士风度结束的,可是被激

---

① 英语:您当真?
② 英语:我确实会这样做的。
③ 英语:我不知道自己会不会那样,说不定我也会那样做的。

发起来的恼怒情绪却使我的对手和我之间的关系有些疏远了。那对德国夫妇态度审慎，而意大利夫妇在随后的几天里则老是喜欢带着讥讽的意味问我，听到关于那位"cara signora Henrietta"① 的什么消息没有。尽管在形式上我们大家都彬彬有礼，可是以前我们彼此以诚相待、并非刻意追求的那种快乐气氛却已被破坏，再也回不来了。

那次讨论过后，C夫人对我表示出了特殊的亲切，因此我当时的那些反对者现在对我的讥讽和冷淡就显得更为突出。C夫人一向极其矜持，在用餐时间以外几乎不与同桌的人聊天，现在却多次找机会在花园里同我攀谈。我几乎想说，她这是对我另眼相看，因为她的举止高雅而矜持，能单独同你交谈一次，就好似对你格外恩宠了。是的，要是说实话，那么我不得不说，她简直是主动找我的，而且借种种因由来跟我说话，她的这种做法明眼人一看便明白，她若不是满头白发的老太太，那真会让我生出许多胡思乱想来哩。但是，我们一起一聊，话题就不可避免、不可控制地又回到了原来的出发点，回到了亨丽埃特夫人身上：看来她对指责那位没有责任心的女人，谴责她的见异思迁、水性杨花而感到暗自欣喜。可同时，见我不改初衷，仍旧坚定不移地同情那位娇柔文雅的夫人，而且怎么也不能使我的态度有丝毫改变，她似乎又很高兴。她一再把我们的谈话往这个方向拉，对于她的这种异乎寻常、锲而不舍的执

---

① 意大利语：尊敬的亨丽埃特夫。

拗劲，事后我真不知道该怎么去想才对。

就这么又过了几天，大约五六天吧，她一字都没有透露，为什么这样的谈话对她那么重要。有次散步时我才明白无误地意识到其中必有隐情。那时我偶然提到，我在这儿的度假快结束了，我想后天就离开。这时，她那平素泰然自若、毫不动容的脸上突然现出奇怪的紧张神色，好似一片阴云飘过她碧如海水的眸子："多遗憾！本来我还有许多问题要跟你讨论呢。"从这一刻起她就显得魂不守舍，说着这事，心里却想着另一件事，另一桩紧紧纠缠她、驾驭她的事。到后来似乎她自己都对这种心不在焉的状态感到不满了，因为她摆脱了突然出现的沉默，突如其来地向我伸出手来，说："我看，我没法把原来要对您说的话表达清楚。我还是给您写信吧。"说着，便朝饭店的大楼走去，步履匆匆，完全不像平日闲适的样子。

傍晚，快要开饭之前，我果真在房间里发现一封信，是她刚劲洒脱的笔迹。只可惜，我年轻时候对于信件很不在意，因此无法引证原信，只能记叙信中问我的大致内容。她在信里问，是否允许她向我讲述她自己的生活。她说，那个插曲已是很久以前的事了，本来跟她现在的生活几乎毫不相干，又说，我后天就要走了，她把二十多年来一直在内心折磨和纠缠的事说出来，就会感到好受些。她说，要是我对这样一次谈话不感到唐突的话，她很想请我给她这个时间。

这里我只是记叙了信的内容，原信对我有着极大的吸引力：信是用英文写的，单就是这一点就使这封信表达得十分清

楚和果断。可是我的回信并不容易,我撕掉三次原稿,最后才给她回了这样一封信:

"您那么信任我,这对我是个莫大荣幸。如果您要我说实话,那我答应,我心里是怎么想的,就怎么答复您。除了您愿意讲的,我当然不会要求您对我吐露更多的东西。不过您讲的事请,请您对自己和对我完全诚实。请您相信,我是把您的信看作是一个殊荣的。"

晚上,这张纸条到了她的房间。第二天早晨,我发现了她的回信:

"您说得完全正确:一半真实是毫无价值的,只有全部真实才有价值。我将竭尽全力,不对我自己或者不对您作任何隐瞒。请您饭后到我房间里来——我已六十七岁,不必担心会招来什么流言蜚语。因为在花园里或挨着很多人的地方我说不出来。您一定会相信,我下此决心,绝非轻而易举。"

中午我们还在饭桌上碰过面,彬彬有礼地说了些无关紧要的话。可是,饭后在花园里遇到我,她显然很慌乱,就避开了。这位满头银发的老太太在我面前竟好似一个羞怯的少女,迅速逃往一条松林道上。见此情景,我心里觉得既歉疚又感动。

晚上,在约定的时间,我就去敲她的房门,门立即就为我打开了:室内光线黯淡,只有一盏小台灯在这平时朦胧昏暗的房间里投下一圈黄色的光影。C夫人毫不拘束地朝我迎来,请我在圈椅上坐下,她自己坐在我对面。我觉得,她的每个动作都是精心准备的，然而还是出现了冷场，显然并非她所愿望的冷场，难于作出决断的冷场。冷场的时间很久，而且越来越久，可我又不敢出声来打破它。因为我感觉到，这冷场意味着一个坚强的意志在同顽强的反抗意识进行激烈的搏斗。楼下客厅里断断续续地传来华尔兹的微弱乐声，我聚精会神地听着，似乎想以此来消除这沉默造成的让人喘不过气来的重压。对于沉默所造成的不自然的紧张似乎她也感到有点尴尬，因为她突然一跃而起，说道：

"最难说出的是第一句话。这两天我已经作好准备，要十分明白和真实地讲这件事，我希望能够做到。也许您现在还不理解，我为什么要对您这个陌生人讲这些事，可是我几乎无时无刻不在想着这件事，您可以相信我这个老太婆，她要将整个一生都凝视着生命中唯一的一点，凝视着唯一的一天，这是无法忍受的。因为我要对您讲的事，在我六十七年的人生里只仅仅占了二十四小时。我常对自己说，一个人如果曾一时干过一次荒唐的事，那又有什么大不了的。我常常这么说，说得快成神经病了。然而人们还是摆脱不了我们很没有把握地称之为良心的东西。当时，在听您如此客观地谈论亨丽埃特夫人事件时，我就想，若是一旦我能下定决心，对某个人痛痛快快地说出我生活中的那一天，那么也许就可以结束这毫无意义的追忆和没完没了的自我谴责了。我要不是信奉英国圣公会①,而是天主教,那我早就有机会忏悔,说出那件我一直守口如瓶的事,以求解脱了——可是这种安慰与我们无缘,因此我今天就要试一试,原原本本地向您叙述这件事,以此来宣判自己无罪。我知道,这一切都极为奇怪,可是您毫不犹豫地接受了我的建议,为此我很感激您。

"好吧,我们言归正传。我已经说过,我要对您说的只是我一生中唯一的一天——在我看来其余的一切都是无关紧要的,别人也会感到枯燥无味。直到四十二岁,我在人生道路上一步也未曾越出常轨。我的父母亲是富有的苏格兰乡村勋爵,我们拥有几座大工厂和许多出租的田地,我们依照乡村贵族通常的方式,一年中的大部分时间都生活在自己的庄园里,夏天则住在伦敦。我十八岁那年在一次社交聚会上认识了我的丈夫,他出生于名门望族,是R家的第二个儿子,从军十年一直被派驻印度。我们很快就结了婚,在我们的社交圈里过着无忧无虑的生活,每年三个月住在伦敦,三个月住在庄园里,其余的时间则去意大利、西班牙和法国等地旅游,在饭店下榻。我们的婚姻从未出现过一缕阴影,我们的两个儿子如今已经长大成人。我四十岁那年,我丈夫突然去世了。他在热带生活期间得了肝病:真是可怕,他发病只有两星期,我就永远失去了

---

① 英国的国教会。1534年英国国会通过法案,规定英国教会不再受治于教皇,而以英王为最高元首,圣公会遂成为英国国教。

他。我的大儿子当时正在军队服役，小儿子在上大学——所以，一夜之间我就形单影只，独守空房了。我这人已经习惯了温馨的家庭生活，现在的孤单和寂寞对我来说真是一种可怕的折磨。家里的每件东西都让我触景生情，让我想起我亲爱的丈夫，他的去世令我黯然神伤。我觉得再也不能在这凄凉的房子里待下去了，哪怕多待一天也受不了。于是我决定，在我两个儿子结婚以前就到各地去旅游，以消磨岁月。

"其实，从此以后我把自己的生活看作是毫无意义、纯属多余的了。二十三年来与我形影不离、意气相投的人已经故世，孩子们也并不需要我。我担心自己的抑悒沮丧、黯然神伤的心绪会破坏他们青春的欢乐——就我自己来说，任何东西都不值得去企望、去眷恋了。起初我迁居巴黎，烦闷乏味时就去逛逛商店和博物馆。可是这座城市和周围的事物与我显得格格不入：那里的人都用眼睛盯着我的丧服，我受不了他们彬彬有礼的惋惜目光，所以我总是设法躲开他们，我像吉卜赛人默默地东游西荡。这几个月的时间是怎么过的，我自己也不知道从何说起。我只知道，我老是想死，只是没有力量来促成这个痛苦期盼的愿望。

"在丧夫的第二年，也就是在我四十二岁那年，自己虽不承认，实际上是为了逃避毫无价值、可又不能马上就死的时间，我于三月末来到蒙特卡洛。坦率地说，我是因为单调无聊，是因为至少要找些外部小刺激来填补一下折磨人的、像从胃里泛上来的恶心的内心空虚才来到蒙特卡洛的。我越来越郁郁寡欢，越发想到生活的陀螺转得最快的地方去：对于没有生活体验的人来说，别人的激情骚动犹如戏剧和音乐一样，也是一种精神体验。

"因此我也常常光顾赌场。看到别人脸上惴惴不安、波涛翻涌地变化着喜出望外、惊恐万状的表情可以激起我的兴趣，同时我自己的心潮也惊人地涨涌和退落。再说我丈夫从前偶尔也爱逛逛赌馆，但从不轻率行事。我怀着某种下意识的虔敬，忠实地继续着他昔日的那些习惯。在蒙特卡洛的一家赌馆里，我开始了那个二十四小时，它比一切赌博更加激动人心，从此，年年岁岁长久地使我心意迷惘，怅然若失。

"中午，我是同我家的亲戚封·M公爵夫人一起进的餐。晚餐以后我觉得还不疲倦，还不想就寝。于是我就进了赌厅，在赌台之间来回溜达。我自己并没有赌，而是以特殊的方式观察一拨拨聚集在一起的赌客。我说的'特殊方式'是我丈夫在世时有次教给我的。那次我看累了，所以抱怨说，老是盯着同样的面孔，真令人厌倦。在椅子上坐了几个小时才敢押上一根筹码的干瘪老太婆，老奸巨滑的赌棍和玩纸牌的娼妓——这帮麇集在一起的臭味相投的无耻之徒，您知道，他们远不像蹩脚小说里所描绘的那样充满诗情画意和罗曼蒂克，也不像小说中所写的那些 fleur d'élégance① 和欧洲贵族。再说，二十年前赌钱时台上滚动着的是看得见摸得着的现金——沙沙作响的钞

---

① 法语："优雅的花朵"，意为"头面人物"。

票、拿破仑金币、厚实的五法郎硬币一起回旋飞舞。那时的赌场魅力无穷,不像今天,在新建的式样时新的豪华赌宫里尽是些透着小市民气的观光客无精打采地耗费他们手里那些平淡无奇的筹码。那时我觉得这些千篇一律的冷漠脸孔实在没有什么吸引力。我丈夫对手相术非常热衷,后来他就教给我一种特殊的观察方法,那确实比懒洋洋地东站站西伫伫有趣得多,心情也更为激动和紧张。这种方法是:绝不要看脸,而要专门瞅着桌子的四边,在那儿再专门盯住赌徒的手,只注视这些手的特殊动作。我不知道,您自己是否曾经偶然单单注视过绿色赌桌,专门注视那绿色的菱形桌面,桌面中央那圆球像醉汉似的蹒跚着一个号码一个号码地滚过去。这当间飞舞的钞票、圆圆的银币金币等赌注纷纷落入各个方格里,宛如种下的禾苗,随后掌盘人的耙子就像锋利的镰刀,一家伙就把这些禾苗割掉,将其耙拢并收拾起来,成了自己的进帐,或者将它们作为礼品,推到赢家面前。你只要调准观察的焦距,就会发现,这时唯有那些手才是变幻莫测的——绿色赌台四周的那些手,色泽鲜明,异常激动,都在伺机而动,从各自的袖筒里往外窥视着。每只手都像一只猛兽,随时准备蹿出来。手的形状不一,颜色各异,有裸露的,没戴任何饰物,有的戴着戒指和叮当作响的手镯,有的毛茸茸的像野兽,有的卷曲着,湿漉漉的像鳗鱼,但是所有的手都极其紧张,战战兢兢地显得极其焦灼不安。此情此景常常使我下意识地想到赛马场:开赛前得使劲勒住亢奋的赛马,不让它抢跑。那些马也是这样,浑身打颤,仰

155

首向上，高抬前足，直立而起。根据手的各种状态，如伺机而动，迅速攫取或戛然而止，对赌徒的状况就会一目了然：贪得无厌者的手握得很紧，挥金如土者的手放得很松，工于心计者的手关节平衡安静，举棋不定者的手关节颤栗不已；从抓钱的瞬间姿态上，对人生百态可以一览无遗：这一位把钞镖抓成一团，那一位神经质地把钞票揉成碎纸，或者精疲力竭地微曲着有气无力的手指，在整个一局中没下一处赌注。俗语说赌博见人品，但是我说，赌博的时候，手将人展露得更加清楚。因为所有的、或者说几乎是所有的赌徒一下就学会了驾驭自己面部表情的本领——在衬衣领子上部戴着一副 impassibilité[①] 的冷漠面具——他们能抑制嘴角的皱纹，咬紧牙齿，压住内心的激动，不让眼睛里露出一丝不安的神色，他们能抚平脸上暴凸的青筋，不动声色，装出一副悠哉悠哉的样子。然而，正因为大家都拼命集中注意力，脸上不露声色，却忘了自己的一双手，忘了有专门观察手的人。尽管赌徒们微笑着撇起的嘴唇和故作冷淡的目光竭力掩饰着自己的心曲，可是别人从他们手上已对他们的一切了如指掌。在泄露秘密这一点上，这种时候手是最直截了当的。因为总有那么一瞬间，稍一疏忽，那些拼命抑制住的、看似毫无动静的手指就会一起张开：在转盘的小球落进小格子里，大声报着赢家们号码时紧张到空气都要爆裂的一刻，这一百只或五百只手就会情不自禁地做出各具个性的、具

---

① 法语：无动于衷。

有原始本能特征的动作来。要是有人像我这样——我丈夫将他的此种癖好教给了我——养成这种在竞技场上进行观察的习惯，那么就会觉得这些性格各异的赌徒的手一下子做出的各不相同、出乎意料的动作，远比戏剧和音乐更为扣人心弦。手的姿态何止千百种，我简直无法向您描述：有的像野兽伸出毛茸茸的、曲卷的手指忘乎所以地在搂钱，有的指甲苍白、神经质地哆嗦着，几乎不敢去抓钱，有高贵的和卑贱的，残暴的和畏葸的，诡计多端和老实巴交的——这些手给人的印象各不相同，因为每一双手表达的都是一种特殊的人生，只有那四五双掌盘人的手是个例外。这几双手完全像机器，运作起来就事论事，有板有眼，不偏不倚，极其精确，跟那些生气勃勃的手比起来，它们简直就像是计算器上格格作响的钢扣。然而，即使是这几双冷静的手，由于它们在猎人似的亢奋的手之间忙个不停，两相对照又会留下令人吃惊的印象：我要说，这些手单调划一，犹如群众暴动时处于汹涌澎湃、慷慨激昂的人潮中的警察。此外，对我来说还有一种诱惑，那就是要在几天之后熟悉各种手的种种习惯和癖好。数日之后我在众多的手中总会发现一些熟悉的手，并将它们当作人一样分为喜爱的和讨厌的两类：有的厚颜无耻，贪得无厌，令我恶心，所以我总是像是见到下流事一样，赶紧把目光移开。赌台上出现的每一只新的手对我来说都是一件大事，都会引起我的好奇。我往往忘了抬头看看那脸，反正那张脸也不外乎是一副冷冰冰毫无表情的社交面具而已，它是从高领中伸出来插在礼服或者熠熠闪光的胸饰上面的。

"那天晚上我走进赌馆，绕过两张已经挤满了人的台子，向第三张走去，并且准备了几枚下注的金币。这时大厅里寂然无声，紧张的沉默像要炸裂似的，这种时刻每逢圆球在轮盘上转得有气无力、只在两个号码之间晃来晃去的时候，总是会出现的。就在这一瞬间我听到正对面传来"咔嚓"一声，像是折断了手关节，这令我大为惊讶，不由自主地朝对面望去。这时我看见——真的，我吓坏了——两只手，我从未见过的两只手，一只右手和一只左手，像两只横眉竖目的猛兽交织在一起厮拼，互相伸出爪子，朝对方身上狠抓，于是指关节便发出砸干核桃时的那种咔嚓声。这两只手美得简直不可思议，长得出奇，又细得卓绝，绷得紧紧的肌肉宛如凝脂，指甲白皙，指甲尖修得圆圆的好似珍珠轮叶。一晚上我一直盯着这双手，对这双出类拔萃、简直是绝无仅有的手惊叹不已。然而最先令我惊愕不已的是这双手的热情，它所表现出来的狂热激情，是两只手的手指互相交织在一起痉挛地拧扭而又相互支撑的情景。我马上便知道，这是个精力过剩的人，他正把自己的激情集中在手指尖上，免得自己被它炸成两半。而现在……这瞬间圆球"啪嗒"一声落进码格，掌盘人高喊彩门……这瞬间，两只手突然互相松开，就像两只同时被一颗子弹击中的猛兽。两只手一起瘫落下来，确实是死了。这不仅仅是精疲力竭，瘫落的时候清楚地现出一副憔悴、失望、遭了电击、彻底完蛋的样子，这情景我实在无法用语言来形容。我还从未见过、从此以后再也没有见到过表情那么丰富的两只手,它们的每块肌肉都是一张倾诉心曲的嘴,可以感到几乎每个毛孔都在发泄激情。随后这两只手在绿色赌台上摊放了一会儿,就像被波涛冲上海滩的水母,扁平,而没有一点生气。稍后,一只手,是右手,又从指尖上艰难地开始动起来了,它颤抖着,缩了回去,自己转动着,颤颤悠悠,旋转起来,突然神经质地抓起一根筹码,捏在拇指和食指的指尖中犹豫不决地捏滚着,像在玩一个小轮子。突然手背像一头豹,弓了起来,把一百法郎的筹码快如闪电似的掷进,不,简直就是一口吐到了黑格中。这时那只一动不动的左手像是接到了信号,也立刻激动起来了。它抬了起来,悄悄滑向,不,是爬向那只索索发抖、仿佛刚才的一掷耗尽了精力的右手。现在这两只手胆战心惊地挨在一起,用腕肘不出声地碰击着台面,就像牙齿上下咯咯地打着寒战——没有,我还从来没有见过表情如此丰富、简直像是会说话似的手,从来未曾见过这副激动和紧张到痉挛的样子。我盯着这双索索发抖、呼吸急促、喘息不停、伺机而动、哆哆嗦嗦、胆战心惊的手,简直像着了魔似的,除此之外,我觉得这拱形大厅里其他的一切,无论是各个房间里嗡嗡的喧嚷声,掌盘人那商贩似的叫喊声,还有熙来攘往的人群或者现在高高地弹起又跳进轮盘上圆格之中的小球——所有这些嘤嘤嗡嗡、刺耳地袭击神经的种种飞速变换的景象,突然之间仿佛全都寂静无声,全不存在了。

"不过,这种情景我没有坚持多久,无论如何我都要看看这个人,无论如何都要看看那拥有这双神奇之手的脸。我怯生生地——是的，真是怯生生地，因为我怕这双手——让目光循着衣袖慢慢往上移动，到了两只瘦削的肩膀那儿。这时我又吓了一跳，因为这张脸同那双手一样，说着同样毫无节制、想入非非的语言，以同样娇柔的、几乎是女性之美极其顽强地抑制着自己的表情，使之不露声色。我从未见过这样的脸，这样神情专注、沉湎自我的脸。我有着充分的机会，把这张脸当作一副面具，当作一尊没有眼睛的雕像来从容不迫地加以观赏。这对着了魔的眸子一动不动，既不左顾也不右盼，在眼睑下，那乌黑的瞳仁直勾勾地凝视着，像是没有生命的玻璃珠，映出另一个桃花心木色的、在转轮圆盘里呆头呆脑、右冲右突地滚动和跳跃的原球。我不得不再说一遍，我从来未曾见过如此紧张、如此令人神往的脸。那是一位大约二十四岁的年轻人的脸，窄窄的、很秀气、略长，表情非常丰富。同那双手一样，这张脸也不具十足的男子气，它更像一个玩得忘形的男孩子的脸——可是所有这些我都是后来才注意到的，因为现在这张脸上完全现着贪婪和暴怒的神情。窄窄的嘴馋涎欲滴地张启着，露了大半的牙齿：在十步的距离就可以看到牙齿在上下打着寒战，嘴唇则一直呆呆地张开着。一绺浅黄色的头发湿漉漉地帖在额头上，往前耷拉着，像正在摔下来似的。鼻翼不停地翕动抽搐，仿像有一阵看不见的小浪涛在皮肤底下汹涌翻腾。探着的脑袋下意识地越来越往前伸，让人觉得，这脑袋也要卷进转盘，随着圆球一起旋转。这时我才明白，这两只手为什么要使劲地按着，因为只有按着，只有使劲按着，才能使将要从中间摔倒的身体保持平衡。我不得不再三说，我从来未曾见过这样的脸，会把其激情赤裸裸地流露得如此明目张胆，如此兽性，如此恬不知耻。我紧紧盯着这张脸……它是那么魅力无穷，他那迷狂的状态令人如此着魔，就像看到那个旋转的圆球的跳跃和颤动一样。从那一刻起，大厅里其余的一切我全然不再意了，同这张喷着火焰的脸相比，其他的一切都显得黯淡、迟钝、模糊不清。也许有一小时之久，我谁也没看，单单注视着这一个人，注视着他的每一个姿态。当掌盘人把二十个金币推到他贪婪的手里时，他眼睛里闪着晶亮晶亮的光，本来紧紧抱合着的两只手也像是被炸散似的，手指头也抖抖索索地全都张开了。在这瞬间，他的脸上突然容光焕发，显得非常年轻、滋润，没有皱纹，眼睛开始炯炯有神，前倾的身体也轻快利索地伸直了——他坐在这里，一下子宛如潇洒的骑手，沾沾自喜和爱不释手地用手指捏着圆圆的金币加以拨弄，将它们彼此弹击，让其戏耍跳动，发出叮当的声响。随后他又心神不宁地转过脑袋，朝绿色赌台飞快地寻视一遍，就像一只年轻的猎狗用鼻子东闻闻西嗅嗅，要找出正确的踪迹一样。接着，他突然抓起一把金币，朝轮船的一角扔去。于是那焦急期盼和紧张的神态又立即重现了。那电控似的波浪起伏式的抽搐又爬上了他的嘴唇，两只手又互相痉挛般地紧紧抓住，孩子气的脸消失了，换成了贪婪的期待，直到这抽搐着的紧张突然被炸散，化为失望：刚才还孩子气的兴奋不已的脸憔悴了，变得苍白而衰老，目光呆滞，失去了光泽。而这一切都是在一秒钟内发生的，是圆球落入他未曾猜中的号码时发生的。他输了，他的眼睛愣愣地瞪了几秒钟，目光几乎是痴呆的，仿佛他对所发生的事全然不解。可是一听到掌盘人第一声刺激性的吆喝，他的手指又立即掏出几个金币。然后他已没有了把握，他先将金币押在一个格里，随后想了想，又押到另一个格里，圆球已经在滚动了，他突然身子往前一俯，用颤抖的手又将两张捏成一团的钞票飞快地扔进同一个方格中。

"就这样惴惴不安地来来回回，有输有赢，从不停顿，大约持续了一小时。在这一小时里，我一直目不转睛地盯着那张不时变化着的脸，种种激情时而波浪翻滚涌到脸上，时而又像潮水一样退得无影无踪。我着了魔的目光始终紧紧凝视着，连喘息时都没有移开；我的眼睛也没有放过那双魅力无穷的手，手上的每块肌肉像喷泉一样生动地反映出他感情上的起伏跌宕。在剧院里我都从未如此神魂颠倒地注视过一位演员的脸，像注视这张脸那样，这张脸上不停地变幻着各种色彩和感觉，犹如自然景色的光和影。我从来没有如此全身心地关注过赌局，把别人的喜怒哀乐反映在我自己心里。要是有人此刻注意到我，见我呆呆发愣的样子，准会以为我是受了人家催眠术的戏弄，而我当时正处于十足的迷迷糊糊的状态，也真的同受了催眠差不多——我实在无法把目光从这张不断变幻着表情的脸上移开，其他一切，大厅里交织着灯光、笑声、人群和目光的一切，只像一片黄色的烟雾围在我的四周，而在黄色烟雾中心的就是那张脸，它是火焰中的火焰。我什么也听不见，什么也感觉不到，我注意不到身边往前挤的人，也注意不到其他像触角似的突然伸到前面来扔钱或者把钱归拾到自己面前去的手；我看不见转轮里的圆球，听不见掌盘人的声音，可是台面上所发生的一切我确实就像在梦里一样在这双手上全都看到了。这双手犹如凹镜，把巨大的激动和亢奋映照得一览无遗。因为要知道圆球落入红门还是黑门，是在滚动还是已经停下，这些我都不用看转轮：这张洋溢着激情的脸，脸上的神经和表情就像熊熊烈焰，会把输和赢、期待和失望种种变化一一映照出来。

"但是接着就出现了一个可怕的瞬间——整个时间里我心里一直隐隐约约地在为这一瞬间的出现而担心，它像暴风雨一样高悬于我忐忑不安的神经之上，并且突然之间将我的神经从中间扯断。转轮里的小球带着轻微的噼啪声在倒着滚来，那一秒钟又闪烁起来了，两百张嘴唇一起屏住呼吸，直到响起掌盘人的宣布声，这次他唱出的是'零位格'①，同时他急忙伸出箄子，从四面八方将叮当作响的金币银币和簌簌作响的钞票全部扒拢在一起，就在这一瞬间这双紧紧抓着的手做了一个特别吓人的动作，它们好似突然往上一伸，要去抓住某样并不存在的东西，接着就死一般地疲乏地重新跌落在桌上，但用的并不是自身的力气，而只是凭借退回来的重力。可是随后这双手突然又一次活了起来，狂热地从桌上缩回到自己身上，像野猫似的顺着躯干爬上爬下，一会儿左，一会儿右，神经质地伸进每只

---

① 即"空门"，是轮盘赌场主所得格。

口袋,看看能不能在某只口袋里再找出一个被遗忘的金币来。然而每次总是空手而回,但两只手还在不断重复这种毫无意义的寻找。这时轮船又已经开始重新旋转,别人的赌博在继续进行,硬币叮当作响,椅子在挪动,由数百种低声细语组成的一片嘈杂声充满大厅。我不得不如此清楚地亲身来体会这一切,仿佛是我自己的手指在口袋里,在皱皱巴巴的衣服褶子里拼命寻找一块钱币。突然,我对面的那个人猛的一下站了起来——就像有人突如其来地感到不舒服,便猛的站了起来,以免窒息。他背后的椅子"咔哒"一声倒在地上。他连看都没看一眼,也没去理会。旁边的人又胆怯又惊讶地避开这位摇摇晃晃的人,任他自己拖着沉重的脚步离开了赌台。这可怕的一幕使我颤栗,不禁浑身哆嗦。

"目睹这一情景,我完全惊呆了。因为我立即就明白了,这个人要上哪儿去:去死。这副样子站起来的人不会回旅馆,不会去喝酒,不会去找女人,不会去乘火车,也不会去过另一种生活,而是径直去跃入无底深渊。在这地狱般的大厅里就连最最冷漠的人也会看出,这个人不会再在家里、在银行里,或者在亲戚那里得到援助了,他方才坐在这里是拿他最后的钱,拿自己的生命来孤注一掷。现在他跟跟跄跄地走了,到别处去了,但肯定是不想活了。我曾一直担着心,从第一个瞬间起我就神奇地感觉到,这里是一场比输赢更高的赌博。这时,当我看到,生活突然从他眼睛里消失,这张方才还是活生生的脸上蒙上了一层阴影时,一道黑黑的闪电猛烈地击在了我的身上。

此人生动的姿态深深地印在了我心里,所以当他离开座位,蹒跚地走出去的时候,我也不由自主地要用手抵着桌子,因为那种蹒跚的样子现在也从他的神态中传到了我自己身上,正如先前他紧张的心情进入了我的血管和神经一样。我被吸引住了,不得不跟着他:我还没有想好,但我的脚已经开始移动了。我谁也没去理会,也没有感觉到自己,就跑到通往大门的走廊上去了。这完全是下意识发生的,并非是我自己所为,而只是发生在我身上罢了。

"他站在存衣处,侍役替他取来了大衣。可是他自己的胳膊不听使唤了:殷勤的侍役像帮助一个手臂麻痹的人似的,费了好大的劲,才帮他套上袖子。我看到他机械地将手伸进坎肩的口袋,想给侍役一点小费,但是抽出来的手里仍是空的。这时,他好像突然间又想起了一切,狼狈不堪地对侍役结结巴巴说了一句什么话,便完全像先前一样,突然猛的朝前走去,接着像醉汉似的跟跟跄跄地走下赌馆的台阶。侍役先是带着轻蔑的、随后便是理解的微笑,还朝他背后望了一会儿。

"他的姿态感人至深,我为自己在一旁观看而感到不好意思。我不由自主地走到一边,心里感到害羞,因为我像在剧场的舞台前那样观看了陌生人走投无路的绝望神情——但是后来那种难以理解的恐惧突然又推了我一把,我赶紧叫侍役把我的衣服取来,未去想什么具体的事情,完全机械地,完全本能地,急忙跟着这个陌生人往黑暗中走去。"

C夫人讲到这里便停了一会儿。她坐在我对面,脸上毫无表情,以其特有的冷静和客观的态度娓娓道来,几乎没有停顿。只有心里早有准备,对发生的事情进行了精心组织和整理的人才会如此侃侃而谈。现在她第一次打顿,显得有些迟疑不决,随后她脱离开刚才所叙述的事,突然直接对我说:

"我曾向您和我自己答应过,"她开始显得有点不安,"保证极其坦诚地把所有的事实讲出来。可是,我现在必须要求您也要完全相信我的坦诚,不要把我的行为理解成有什么隐蔽的动机,认为也许我今天讲出这个动机就不会感到害羞了。在这件事情上,这种猜测是完全错误的。所以我必须强调,我在街上尾随这位身心已经崩溃的赌客,决不是因为我爱上了这个年轻人——我根本没有去想他是个男人,事实上我这个当时已经四十多岁的女人,丈夫去世以后从来未正眼注视过任何男人。谈情说爱的事对我来说已经彻底结束了。我要对您强调这一点,而且非对您说不可,否则对于后来所发生的事情的可怕性您就难以理解了。当然,另一方面就我来说,当时我非要去跟随那个不幸的人不可,要把这种感情说清楚也是很难的:这里面有好奇心的成分,但是最主要的还是一种可怕的恐惧,或者确切地说是担心发生什么可怕的事。从第一秒钟起我就隐隐约约地感觉到,那件可怕的事像阴云似的正笼罩在这个年轻人身上。但是又不能把这些感觉加以分解和拆散,之所以不行,主要是因为这些感觉过于强制性、过于迅速、过于自发,种种因素错综复杂地交织在一起——很可能我所做的完全是救人的本能行为，正如有人在街上看到一个小孩朝汽车跑去，就会马上去把他拉回来一样。或许也许可以这样来解释：自己不会游泳的人在桥上看见一个快要淹死的落水人，就会跟着跳进河里去。他们还没有来得及对自己无谓的冒险壮举作出决定，就受到神奇力量的牵引，一股意志力将他们推了下去，我当时的情况也正是这样，没有思考，没有清醒的考虑，就跟着这个不幸的人出了大厅，走到大门口，又从大门口跟下台阶。

"我敢肯定，无论是您或者任何一个能用清醒的眼睛来感觉的人当时都不能摆脱这种充满了恐惧的好奇心。那位顶多二十四岁的年轻人走起路来十分吃力，就像老人一样，摇摇晃晃的好似醉汉。他四肢的关节像是脱了臼、散了架一样，拖着沉重的脚步从赌馆的台阶下去朝街头绿地走去。见到这幅可怕的景象，也就不会有思考的余地了。到了那里，他的身体像一只麻袋似的笨重地跌落在长椅上。对于这个动作我再一次感到不寒而栗，我想：这人完了。只有死人，或者全身肌肉没有一点生气的人才会这样跌落下去。他的脑袋斜倚着，往后垂靠在长椅的靠背上，两条胳膊软绵绵地垂下来。在路灯闪烁着的昏暗的微光中，每个过路人都会以为这是个自杀者。以为这是个自杀者——我无法解释，怎么我心里突然会出现这种幻象，可是这幻象突然站在这里了，看得见摸得着，非常真切，令人毛骨悚然、胆颤心惊——以为这是个自杀者。这一瞬间，我望着面前的这个人，我心里绝对确信，他口袋里有支手枪，明天别人就会发现在这长椅上或者另一张椅子上躺着这具气息已绝、鲜血淋漓的躯体,因为他跌落下来的情景完全像一块坠入深谷的石头,中间没有停住,一直摔到谷底。这躯体所表现出来的那种疲惫和绝望的样子,我还从未曾见到过。

"现在请您想一想我的处境:我站在长椅后面二三十步远的地方,椅子上躺着一个一动不动、身心完全崩溃的人。我真不知道该怎么办,一方面意志驱使我走上前去帮助他,但是学到的和因袭的羞怯心理又在将我往后推,不好意思主动跟大街上的一个陌生男人说话。街灯黯淡地闪烁着,天空布满阴云,只有屈指可数的行人从这儿匆匆走过。将近子夜了,我几乎是独自一人在街心花园里同这个颇像自杀的人在一起。五次、十次,我鼓起勇气朝他走去,每次都被羞涩的心理给拉了回来,或者说也许是被内心深处的这种本能的预感拉回去的:正从高处摔下来的人总喜欢拽住救助者一起同归于尽——我就这样再三斟酌,反复考虑,自己都清楚地感觉到这种处境既无意义又可笑。尽管这样,我还是既不能说话,又不能走开;既不能做些什么,又不能离开他。我希望,您相信我,我要告诉您,我在那片绿地上犹豫不决地徘徊了也许有一小时之久,那是无穷无尽的一小时。这时间是在看不见的大海波浪的千万次撞击下一点点扯掉的。这个人彻底毁灭的形象竟是如此使我震撼,使我无法离去。

"可是,我始终没有说一句话、做一件事的勇气。后半夜我真该也这样站着等下去的,也许最后真该让聪明的自私心理说服自己回家去的。是的,我甚至认为自己已经下了决心,让这个晕厥的可怜家伙就这样躺在这里——然而这时一股强大的力量在我进退两难的时候为我作出了抉择。这时下起雨来了。整个晚上海风呼啸，把沉甸甸的乌黑的春云刮到一起，让人从肺里、心里感觉到，天空整个儿低低地压了下来——突然掉下一滴雨点，接着风助雨势，密密的大雨哗哗而下，竟成瓢泼之势。我不由自主地逃到一座商亭的前檐下，虽然撑开了伞，但是这时从坚实的土地激起的一束束泥水，仍是溅在我衣服上。噼噼啪啪打在地上的雨点弹起带泥的水，溅在我的脸上和手上，凉丝丝的。

"可是就在这瓢泼大雨中，那不幸的怪人仍旧坐在长椅上一动不动，这一可怕的景象，二十年后的今天我回想起来喉咙里还感到梗塞。雨从从所有的屋檐上哗哗地流下来，我听到市内隆隆的车轮声，左边和右边都有人撩起大衣在奔跑。一切有生命的东西都怯生生地着蜷缩着，都在躲避、逃跑，寻找栖身之所。任何地方，无论是人还是动物，都可以感到他们对这场倾盆大雨的恐惧——唯独长椅上那个黑黑的、像团东西的人却纹丝不动。我先前对您说过，这个人具有神奇的法力，能将他的各种感情通过动作和表情生动地表现出来。在滂沱大雨中他纹丝不动，全无感觉地坐着，连站起来几步走到雨水哗哗泼下的屋檐下的力气都没有的那精疲力竭的状态，万念俱灰的心境——世上任何东西也不会像这种情景那样，将槁木死灰、彻底自弃、活人死态表现得如此惊心动魄。这个人活活地任凭大雨浇淋，他精疲力竭，竟懒得动一下来避一避雨。任何雕塑家、诗人，无论是米开朗基罗还是但丁都不能像这个人那样把万念俱灰的心境，把人间惨状为我刻画得如此感人肺腑、荡气回肠。

"这一景象把我拉了过去，我也没有别的办法。我猛的穿过密集的大雨，用手去摇长椅上的那个淋得落汤鸡似的人。'来！'我抓住他的胳膊。他的眼睛吃力地朝上瞪着。他身体似乎想慢慢地动一下，但是他没懂我的话。'来！'我再次拽着那只湿漉漉的衣袖，这次我几乎要发火了。他慢慢地站了起来，摇摇晃晃地没有一点意志。'您要干吗？'他问道，我没有回答他，因为我自己也不知道要带他到哪儿去：只要不受冷雨浇淋，只要不再毫无意义地、自杀般地坐在这里。我抓着他的胳膊不放，拉着这个全无意志的人往前走，一直将他拉到商亭那里。商亭有一个向前伸出的窄窄屋檐，多少可以为他遮挡一下驾着风势的滂沱大雨。下一步怎么办，我不知道，也不想有下一步。只要把这个人拉到干的地方，只要把他拉到屋檐下就行了，以后的事起先我并没有考虑。

"我们两人就这么并肩站在狭窄的、淋不着雨的屋檐下。我们后面商亭的门锁着，头上只有一片小屋檐，雨还在没完没了地下，只要一阵狂风刮来，冷飕飕的雨水就会不断狠狠地朝我们衣服上、脸上袭过来。这种情况真是无法忍受。我可不能老是挨着这个水淋淋的陌生人站着。另一方面，既然我把他拉到这儿来了，总不能一句话都不说就将他撂在这儿。总得想个什么办法呀，我慢慢强迫自己坦率地作一次冷静的考虑。我想,最好雇辆车先把他送回家,然后我自己再回家:明天他就会知道有人救了他。于是我就问一动不动地站在我旁边愣愣地凝视着乌云飞驰的夜空的人:'您住在哪儿?'

"'我没有住处……我傍晚时候才从尼查来……要上我那儿去是不成的。'

"最后这句话我没有立即听懂。后来我才明白,他把我当作……当作娼妓,当作拉客女子——每天晚上赌馆周围都有成群拉客女出没,她们希望能从赢了钱的赌客或醉汉身上得些好处。不论他后来是怎么想的,直到现在我讲给你听的时候,才感觉到我当时的处境有点邪乎,有点离奇——我把他从长椅上拉走,当然是把他拽去的,这真的不是正派女人的行为,叫他怎能不以为我是娼妓呢。但是当时我没有立即意识到这一点。后来我才开始意识到他对我这个人作出了错误的判断,但是发现这个可怕的误解时已经太晚了。要是早些发现的话,我就绝不会说出下面这句越发增强他误解的话来了:'那么,就到旅馆里去要个房间吧。您不该待在这里。您现在必须找个地方安顿下来。'

"这句话一出口,我就立即明白了他的那个令人难堪的误解,因为他并没有朝我转过头来,而只是以一种讥讽的言辞加以拒绝:'不用,我不要房间,我什么都不需要了。请你别费劲,从我身上是什么都捞不着的。你找错人了,我已身无分文。'

"这句话说得好可怕,他心灰意冷的神态真令人胆颤心惊。

一个全身水淋淋的、心力衰竭的人在这儿站着,垂头丧气地靠在墙上,这情景使我如此震撼,以致根本无暇顾及自己所受的那点儿愚蠢的屈辱。我这时感觉到的,同我见到他蹒跚地走出大厅时第一眼的感觉,以及在这难以想象的一小时里不断得到的感觉是一样的:这里的这个人,这个年轻的、活着的、在呼吸的人正处于死亡的边缘。我一定得救他。于是我便走近他。

"'钱您不用担心,来吧!您不能待在这儿,我来给您找个地方安顿下来。您什么都不用顾虑,现在就来吧!'

"他转过头来,我们四周雨声噼噼啪啪一阵紧似一阵,檐水哗哗地朝我们的脚倾泻下来,这时我感觉到,在黑暗中他第一次竭力想看一看我的面貌。他的身体似乎也正从昏睡中慢慢苏醒过来。

"'好吧,随你的便,'他让步了,'对我来说反正都一样……毕竟嘛,干吗不去?我们走吧。'我撑开伞,他走到我身边,挽着我的手臂。这突如其来的亲昵姿态使我感到很别扭,令我惊慌失措,吓得直发凉,一直凉到心底。但是,我没有勇气拒绝他,因为,要是我现在把他推开,他就会坠入无底深渊,直到现在我所作的一切努力和尝试,就全都白费了。我们往回朝赌馆走了几步。现在我才想起,我还不知道拿他怎么办呢。我很快地思忖,最好把他领到一家旅馆去,到那儿以后把钱塞到他手里,好让他在那儿过夜,明天乘车回家,其他的事情我没有去想。现在正好有几辆马车从赌馆门前匆匆驶过,我叫了一辆,我们上了车。马车夫问我到哪儿去,一开始我竟答不出来。不过我突然想起，我身边这位全身湿透、水淋淋的人，好饭店是没有一家肯接待他的——另一方面我真是个未谙世事的女人，压根儿未往不正经的事上去想，于是大声对车夫说：'随便找家普通旅馆！'

"马车夫淋着雨，但镇定自若。他把马匹赶得飞快，我身边的这个陌生人一句话都不说，车轮轧轧，雨势急猛，打在车厢的玻璃上噼啪作响。坐在黑暗的、没有灯光的、棺材般的四方形车厢里，我的心情不好，仿佛像带了个尸体似的，我极力思索，想找出一句话，好把因默不作声地坐在一起而引起的离奇而恐怖的气氛冲淡一些，但是我什么话也没有想出来。几分钟以后马车停住了，我先下车，付了车费，这当间那人也恍惚朦胧地下了车，'砰'地一声关上了车门。我们现在站在一家陌生的小旅馆门前，我们头上是一快遮阳玻璃，下面的空间由拱形檐盖挡住了雨。这时四周都是单调的雨声，雨水不停地洒向难以捉摸的黑夜。

"那个陌生人支撑不住自己身躯的重量，不由自主地靠在墙上，水从他湿透的帽子和皱皱巴巴的衣服上滴滴答答地流下来。他站在那儿，像刚被人从河里救出来的溺水者，神智还是迷迷糊糊的。墙上他靠的那小块地方滴下来的水形成了一条小溪。可是他却不拿出一丁点儿力气来，把身上抖一抖，把帽子甩一甩，而是让水滴不断从额头和脸上流下来。他站在那儿，对一切漠不关心，我无法告诉您，他那副颓丧的神情使我多么震惊。

"不过,这时我得有点什么表示了。我把手伸进口袋:'给您一百法郎,'我说,'拿去要个房间,明天乘车回尼查。'

"他抬起头来吃惊地望着我。'我在赌厅里注意到您,'我见他迟疑不决,便催促他,'我知道,您把钱输光了,我担心您会因一念之差而做出蠢事来。接受人家的帮助并不丢脸……嗯,拿着吧!'

"然而,他推开了我的手,我还真没料到他还有这样的劲。'你是个好人,'他说,'但是,别浪费你的钱了。我这个人已经无可救药了。这一夜我睡不睡,都无所谓。明天反正一切都完了。我已经无可救药了。'

"'不,您一定得拿着',我逼着他说,'明天您的想法会不同的。现在您先上去,睡上一觉再说。白天万物会有另一种面貌的。'

"我再次将钱硬塞给他,可是他却几乎猛烈地推开了我的手。'算了吧,'他再次低沉地重复道,'这是毫无意义的。我还是在外面了结好,免得在这里把人家的房间弄得血迹斑斑的。一百法郎救不了我,就是一千法郎也不顶用。只要身上还有几个法郎,明天我又会进赌场的,不把它全部输光,是不会罢手的。何必再重新来一次呢。我已经够了。'

"您一定估量不出,这低沉的声音是怎样深深地震撼着我的灵魂。可是,请您设想一下:离您两寸的地方,站着一个年轻、聪明、有生命、有呼吸的人,您知道,如果不用一切力量让他振作起来,那么两小时之内这个有思想、能说话、会呼吸的青春生命就将变成一具死尸。而要战胜他那毫无意义的抗拒,对我来说不啻发一次大火,激起一阵愤怒。我抓住他的胳膊,说:'别说蠢话!您现在一定得上去。要一个房间,明天早晨我来把您送上火车。您必须离开这里,明天必须回家,我不看见您手持车票坐上火车决不罢休。年纪轻轻的,决不能因为输了几百或几千法郎就轻生。那是懦弱,是气愤和懊丧之下的歇斯底里大发作。明天您就会觉得我的话是对的!'

"'明天!'他加重了语气重复地说,声调显得阴郁而带点嘲讽,'明天!要是你知道明天我在哪儿就好了!要是我自己能知道,那也不错,本来我对此就有点儿好奇呢。不,你回家去吧,我的孩子,别费劲了,不要浪费你的钱了。'

"但是,我不肯让步。我心里像发了疯,发了狂似的。我使劲抓住他的手,把钞票硬塞在他手里,'您拿着钱马上上去!'同时我十分果断地走去拉响了门铃,'得,我已经拉了铃,门房马上就来了,您上去吧,倒在床上就睡。明天早上九点我在门口等您,马上就带您去火车站。其余的一切您都不用担心,我会作出必要的安排,让您能回到家里。可是现在,快上床吧,好好睡一觉,别再胡思乱想了!'

"就在这一瞬间,门上的锁从里面'喀哒'一响,门房打开了大门。

"'进来!'他突然说道,声音又硬又坚决,并带着恼怒。我感到,我的手腕被他牢牢攥住了。我大吃一惊……吓得魂飞魄散、全身酥瘫、如遭电击,失去了知觉……我想抵抗,想把手挣脱出来……但是，我的意志好似麻木了……我……您是会理解的……我……我羞愧难当，门房在那儿等着，已经显得不耐烦了，我却在门房前跟一个陌生人纠缠不休。于是……于是，我一下子到旅馆里去了。我想说话，想把情况说清楚，可是我的喉咙塞住了……他的手沉重而蛮横地按着我的胳膊……我模模糊糊地感觉到，我不自觉地被拉着上了楼梯……门锁'喀嚓'一声……突然之间我在一家旅馆里——旅馆的名字到今天我还不知道——在一个陌生房间里同一个陌生人单独呆在了一起。"

讲到这儿C夫人又停住了，并且突然站了起。她的声音似乎不听使唤了。她走到窗口，默默地往外望了几分钟，只是把额头贴在冰凉的玻璃上。我没有勇气仔细朝她看，因为去观察一位情绪激动的老太太，我觉得很尴尬。因此我就静静地坐着，不提问，不出声，只是等待着，直到她以克制的步子重新走回来，在我对面坐下。

"好了——最难的部分现在已经讲了。我希望您相信我，现在我要再次向您保证，我可以用一切在我来说是神圣的东西——我的名誉和我孩子来起誓，直到那一秒钟我脑子里并没想同这个陌生人发生一种……一种关系，我确实没有任何清醒的意志，完全没有一点知觉，好似一脚踩上活动暗门，从平坦的生活道路上突然摔进这个境地。我曾发过誓，对您和对我自己都要说真话，所以我要向您再重复一次，我陷入这次悲剧性的难以启齿的经历,仅仅是由于我救人之心过于急切,不是因为其他的个人感情,因此完全不带个人的愿望,也未曾有过一点预感。

"在那个房间里,在那天夜里所发生的事,请容我略去不讲吧。那天夜里的每一分钟我自己从未忘怀,而且永远也不愿忘记。因为那天夜里我在同一个人搏斗,目的是为了挽救他的生命,我要再说一遍:那是一场关系到生与死的斗争。我的每根神经都千真万确地感觉到,这个陌生人,这个一半已经沉沦的人,拿出一个垂死者的全部眷恋和激情紧紧抓住最后一线生的希望。他像一个意识到自己已经身悬深渊的人,将我牢牢抓住。我振作起全部力量,拿出自己的一切去挽救他。这样的时刻一个人一生中或许只能经历一次,而经历这一次的千百万人中又只有一个人——可是没有这次可怕的意外遭遇,我自己恐怕永远也不会想到一个心如死灰、穷途末路之人竟会如此热切,如此忘我,以一种无法遏制的贪婪再次畅饮生命的红色甘醇。我远离生活中的邪魔力量已经二十年之久了,要是没有那次可怕的意外遭遇,我恐怕永远也不会理解大自然有时竟会在瞬间如此绝妙,如此神奇地将冷和热、生和死、心醉神迷和悲观绝望聚集和压缩在一起。这一次就是这样充满斗争和对话,充满激情、愤怒和憎恨,充满恳求和陶醉的泪水,我觉得这一夜像是过了一千年,我们两人紧紧缠绕在一起,心醉神迷地一起堕入深渊,一个兴奋得死去活来,另一个在极乐之中没有了感知。两人从这场致命的狂风暴雨中解脱出来以后都变了,完全变了,思想、感情都不一样了。

"不过,这些我不愿讲了。我不能够、也不愿意来描述这一切。只有早晨我醒来时极其可怕的第一分钟我必须简略地向你提一提。我从未曾有过疲惫不堪的沉睡,从深沉的黑夜中醒来,过了很久我才睁开眼。睁眼看到的第一件东西,就是我顶上的一片陌生的屋顶,眼睛继续一点一点地看下去,又发现一个完全陌生、从未见过、令人生厌的房间,我压根儿不知道,自己是怎么进到这个房间里来的。起初我竭力说服我自己,说这还是一个梦,一个相当清醒而透明的梦。我是从朦胧的沉睡中进入梦境的——然而灿烂的、确确实实的阳光已经刺眼地照到了窗前,这是早晨的阳光,楼下不断传来辘辘的马车声、叮当的电车声和嘈杂的人声——现在我明白了,我不是在做梦,而是醒了。我不由自主地坐了起来,想好好思索一下,就在这时……我的目光向旁边一转……就看见——我永远无法对您描述出我的惊骇——这张宽床上有个陌生人睡在我身边……是陌生的,陌生的,陌生的,是个半裸的、不相识的人……

"不,我知道,这种惊骇是无法描述的。我吓得魂不附体,浑身无力地倒了下去。但是这不是真正的晕厥,没有不省人事,正相反,在闪电般的瞬息之间我明白了一切,既清清楚楚,又无法解释。我突然发现自己同一个完全陌生的人睡在一个极有可能是下流场所的一张陌生的床上,心里的厌恶和羞愧真是难以言说,当时我只有一个愿望:去死。我还清楚地记得,当时我的心跳停止了,我屏住呼吸,仿佛这样就可以扼杀自己的生命，尤其是自己的意识，那清晰得令人胆怯的意识，那一切都知道，但又什么都不懂的意识。

"我永远都不会知道，我这样四肢冰凉地躺了多久：死人大概也是这样僵直地躺在棺材里的。我只知道，我双眼紧闭，默默向上帝，向天上的神灵祈祷，但愿这一切都不是真的，全不是真的。但是我敏锐的知觉现在再也不容欺骗，我听到隔壁房间里有人说话，听见有人用水时的哗哗声，外面走廊里有走动的脚步声，每一种声音都无情地证明了一个残酷的事实：我的知觉是清醒的。

"这可怕的状态究竟持续了多久，我说不清楚：那时候每一秒钟都与从容不迫的生活时间不同，那每一秒种都另有自己的计时标准。这时另一种恐惧，那突如其来的、令人魂飞魄散的恐惧袭上我的心头：这个陌生人，这个我连名字都不知道的陌生人现在大概要醒了，大概要跟我说话了。我立刻明白我只有一条路可走：在他醒来之前穿好衣服逃走。永远不再让他看见我，永远不再跟他说话。及时拯救自己，走，走，走，回到自己的生活中去，回到我的旅馆去，马上乘下一班火车离开这个可耻的地方，离开这个国家，永远不再碰上他，永远不再看见他，没有证人，没有起诉人，也没有知情人。这个想法使我慢慢从晕厥中清醒过来，我极其小心翼翼地、用小偷常用的蹑手蹑足的动作，一寸一寸地挪动着身体（只是为了不弄出响声来），下得床来，摸到我的衣服。我小心翼翼地穿上衣服，因为怕他醒来，我每秒钟都在发抖。现在我已经穿好衣服，这件事算成了。只是我的帽子在另一边的床脚下,现在我踮着足尖轻轻走去拾起帽子——可是在这一秒钟里我却无法把持自己:我一定还要朝这个陌生人看上一眼,朝这个像陨石似的坠入我的生活中来的陌生人看上一眼。我只要看上一眼就行了,但是……很奇怪,因为这个躺在那儿酣睡的年轻人——对我来说确实是陌生的:我第一眼所见的竟不是昨天那张脸了。这个情绪激动到极点的人,由于受了激情的折磨,脸上现出天真和孩子气,焕发着纯洁和快乐。这两片嘴唇,昨天是用牙齿紧紧咬住的,这时在梦里却温柔地微微张启,而且挂着一缕微笑。一丝皱纹也没有的额上柔软地垂下松散的金发,安详的呼吸似轻波细纹从胸部散扩到全身。

"您也许会记得,我先前对您说过,我还从来没有如此强烈、如此毫无顾忌地像盯着观察赌台上的那个陌生人那样观察过一个人所表现出的贪婪和激情。我要告诉您,我从来没有,就是在孩子身上——襁褓中的婴儿有时身上有一种天使般的快乐光泽——也没有见过他在真正幸福的酣睡中所呈现的这种焕发着纯洁光辉的表情。这张脸宛如精妙绝伦的雕像,将他所有的情感表现得淋漓尽致:摆脱了内心重压的那种幸福快乐的舒坦感,那种解脱感,那种得救感。看到这副令人惊异的神态,我的全部惊吓和恐惧就像一件沉重的黑大衣,从我身上掉了下来——我不再感到羞愧,不,非但不再感到羞愧,反而几乎感到喜上心头了。原来那种恐怖的、不可捉摸的东西,对我来说突然之间有了意义,一想到这个柔嫩、漂亮的年轻人,这个像鲜花一样快乐而沉静地躺在这里的年轻人，要是没有我的奉献，他将摔得粉身碎骨、血迹斑斑、脸青鼻肿、眼珠暴突、面目全非、气断命绝，躺在悬崖脚下，我救了他，他得救了，一想到这些我就心里乐滋滋的，感到骄傲。现在我带着母爱的目光——我无法用别的说法——朝这个躺着的人望去，我再次把他生了出来，给他以生命——我生他的时候比生自己的孩子痛苦要大得多。在这间陈旧的、污秽不堪的屋子里，在这家令人恶心的、油腻腻的临时旅馆里，我有一种宛如在教堂里的感觉——您听了这话或许会觉得很可笑——一种奇异和神圣之感。现在在我心里生出了姐弟之情，我一生中最最可怕的一秒钟，变成了令人惊异、令人倾倒的第二个一秒钟。

"我动作的声音太大了？我情不自禁地说了什么话？我不知道。然而突然之间那个酣睡的人睁开了眼睛。我吓得连忙后退。他诧异地环顾四周——同我自己先前一模一样，仿佛他是从无底深渊和杂乱的迷惘中费尽力气爬上来的。他的目光吃力地扫视这间陌生的、从未见过的屋子，随后惊讶地落在我身上。但是没等他说话，没等他完全回忆起来，我就镇定自若了。不能让他说话，不能让他提问，不能让他有亲昵的表示，昨天和昨天夜里的事不该重演，不作解释，也不去谈。

"'我现在得走了，'我立即向他表示，'您留在这儿，穿上衣服，十二点钟我在赌馆门口等您，在那儿我会把其余一切事情都安排好的。'

"没等他回答，我就逃了出去，不愿再看到那间屋子，我头也没回,就奔出旅馆。旅馆的名字我不知道,正如不知道那个同他在这里过了一夜的陌生男人的名字一样。"

C夫人停下来歇了口气。但是所有的紧张和痛苦都从她声音里消失了:就像一辆马车,费尽力气艰难地爬上山顶,然后从山顶轻轻松松地飞速驰向山腰,现在她就是以这样轻松的语调继续说了下去:

"就这样,我急忙跑回自己住的旅馆。街上晨光明亮,夜里的暴风雨已将沉闷阴郁的天空荡涤得一干二净,就好似令我受尽煎熬的感情现在已从我心里被冲刷干净。您一定记得我先前对您说过的话:自从丈夫故世以后,我对自己的生活已经完全不抱奢望,孩子们不需要我,我自己也觉得活着没有意思,活着不能达到某个目的,生活本身就是一个谬误。真是意想不到,现在居然第一次有个任务落在了我身上:我救了一个人,竭尽全力把他从毁灭的边缘拉了回来。现在还有一件小事要做,这件事得做完。所以我就跑回我的旅馆,门房见我早晨九点钟才回来,用惊讶的目光打量着我——对于已经发生的这件事,我思想上已经不再感到羞愧和恼怒的重压了,生的愿望突然复苏,出乎意料地获得一种必须活下去的新的感受。这些新的感受融进了我的血液里,温暖地流遍全身。我在房间里匆匆换了衣服,下意识地脱下身上的丧服(这事我后来才注意到),换上一件色彩明快的衣服,到银行去取了钱,风风火火地赶到车站,问明了列车的行车时间。此外我还办了几件别的事,赴了几处约会,我行动之果断连我自己都感到吃惊。现在没有别的事要办了,只等将命运扔给我的那个人送上火车,把他最终挽救过来。

"当然,要直接面对他,这需要力量。因为昨天的一切都是在黑暗中,在感情的旋涡里发生的,就像被山洪冲下来的两块石头,突然撞击在一起。我们彼此几乎没有面对面地认识过,那个陌生人是否还会认得我,对此我毫无把握。昨天——那是事出偶然,是心醉神迷,是两个糊涂人走火入魔,但是今天我非得比昨天更为公开地在他面前暴露自己了,因为我现在不得不在无情的光天化日之下以我本人,以我的本来面目作为一个活生生的人走到他面前去了。

"不过,一切都比我想的要容易得多。在约定的时间,我还没有到赌馆门口,一位年轻人就从长椅上一跃而起,急忙朝我走来。他那惊异的神情,他那每一个胜于语言的动作完全出自本能,显得多么稚气,多么率真和喜悦:他简直是飞奔过来的,眼睛里流露出既感激又崇敬的快乐之光,但是他的眼神一觉察到我的眼睛在他面前不知所措的样子,便立即谦恭地垂了下来。这种感激之情在一般人身上很难感觉得到,而且心怀最最感激之情的人往往无法表达出来,他们总是尴尬地沉默不语、羞愧不已,为了掩饰他们的感情,往往欲言又止。上帝好似一位神秘的雕塑家,将这个人的感情姿态表现得极为性感、优美、生动,在他身上感激之情的流露十分炽烈,他的体内像是有一股激情在迸发出来。他朝我的手弯下腰,谦恭地垂下轮廓清瘦的孩子式的脑袋,十分尊敬地吻了一分钟,但是嘴唇仅仅触到我的手指,接着便退后一步,问我身体怎么样,亲切地望着我,他的每一句话都很有礼貌,又极为得体,因此几分钟之后我心里最后的一点惶恐不安也消失得无影无踪了。四周的景物全都着了魔,好似镜子一样映照出我开朗的心情:昨天还是怒涛汹涌的大海,现在却明澈而平静,细浪之下每粒砂石都在朝着我们闪烁着白灿灿的光辉。那家赌馆,那恶魔聚集之所,在清扫得干干净净、锦缎似的天空下色彩明朗;那个商亭、昨天下着瓢泼大雨的时候我们曾在其屋檐下躲避,现在已经开启,是一家花店,那里摆放着一束束、一簇簇鲜花,白的、红的、绿的,色彩缤纷,斑斓杂陈。卖花的是位年轻姑娘,她身上的衬衣色彩极为鲜艳。

"我请他到一家小餐馆去吃午饭。在那里这位陌生的年轻人对我讲了他悲剧性的冒险史。他的冒险史完全证实了我在绿色赌台上看到他那双神经质地索索发抖的手时所作的第一个揣测。他出生于奥地利波兰贵族家庭,这确定他将来要在外交界求个锦绣前程,他一直在维也纳上学,一个月前他以优异的成绩通过了初考。学习期间他住在叔叔家。他叔叔是总参谋部的高级军官,为了庆祝考试成功,并作为对他的奖励,叔叔叫了一辆马车,把他带到普拉特①,两人一起来到赛马场。叔叔赌运亨通,接连赢了三次。随后他们拿着厚厚一叠白赚的钞票,

---

① 普拉特是维也纳著名的公园,内有规模巨大的游乐场。

到一家豪华饭店去大吃了一顿。第二天，这位未来的外交官就收到为奖励他这次考试胜利而寄来的一笔钱，数额相当于他一个月的生活费。要是在两天前，对他来说这笔钱还是个相当可观的数目，可是现在，在那次轻而易举就赢了这么多钱之后，这点钱他就看不起了，兴头十足地放手去豪赌一场。他居然福星高照——或者更应该说是厄运临头——到最后一场赛马结束，离开普拉特公园时，他的钱数已经增加了三倍。从此以后他赌兴大发，时而赛马场，时而咖啡馆，或者俱乐部，耗费了自己的时间，荒废了学业，损坏了神经，尤其是耗掉了金钱。他再也不能思考，夜里也不能安眠，他甚至无法控制自己。有天夜里，他在俱乐部里输光了钱，回到家里脱衣服时发现背心口袋里还有一张忘记的、已经揉成一团的钞票，他忍不住，便又穿上衣服，到外面东转西晃，最后在一家咖啡馆里找到几个玩多米诺骨牌的人，便坐下来同他们一直赌到天明。他的一位已经出嫁的姐姐接济过他一回，替他偿还了高利贷借款。高利贷者见他是名门贵族的继承人，所以都乐意把钱贷给他。有一阵子他曾赌运亨通，可是后来手气又不好，连连输钱，颓势怎么也阻挡不住，而且输得越多，就越是渴望大赢一次，好支付尚未偿还的债务和以名誉担保一定按时还清的借款。他早就把钟和衣服当掉了，最后竟发生了这么件令人惊骇之事：他偷了老婶婶的两枚花骨朵状的钻石大耳环。这两枚耳环他婶婶很少戴，一直放在柜子里。其中的一枚他以高价当了出去，当天晚上拿这笔钱去赌就赢了四倍。但是他没有去赎回耳环，而是将所有的钱拿去孤注一掷，结果输得一干二净。直到他离开维也纳的时候，他的偷窃行为尚未被发现，于是他又把第二枚耳环当掉，这时他突然心血来潮，便坐上火车来到蒙特卡洛，想在轮船上发一笔他梦寐以求的大财。在这里他卖掉了皮箱、衣服、雨伞，现在他身边只有一支装了四发子弹的手枪和一个镶嵌着宝石的小十字架，这是他的教母X侯爵夫人送他的，他一直舍不得出手，除此之外，他已别无他物。但是，就连这个十字架他也在下午以五十法郎卖掉了，只是为了晚上最后一次去寻求那令人震颤的欢乐，再去作一次生死搏斗。

"他把这一切讲给我听的时候，神态优美，极具魅力，气质活泼生动，灵气十足。我听着，心里感到震撼、着迷、激动。然而我并没有因为与我同桌的人本是小偷而愤怒，不，这个想法我片刻都没有出现过。作为女人，我的一生从未有过污点，在社交场合总是要求保持最严格的传统尊严，倘若昨天有人即使只是对我暗示，说我将会跟一个完全陌生的年轻人，一个比我儿子大不了多少而且偷过珠宝耳环的人亲密地坐在一起，那我定会把他看作疯子。可是听着他的叙述，我一点没有惊骇之感，这一切他说得那么自然，而且带着那么一种激情，使人觉得他讲的是一个高烧病人的行为，而不是什么令人气愤之事。再有，谁像我一样昨天夜里亲身经历了这种激流飞泻似的出人意料的事，那么'不可能'这个词就突然失去了它的意义。在那十个小时里，我对现实的了解比先前以市民方式度过的四十年要多不知道多少。

"可是，在他对自己做的那些事进行坦白的时候，却有另一种东西令我惊慌不安，那就是他眼睛里火一般的光亮。他一谈到自己对赌钱的热衷，眼里便熠熠生辉，脸上的所有神经像通了电一样颤动不已。他在讲这些事的时候，自己还异常激动，表情丰富的脸上极其清晰地再现了当时欢喜或痛苦的种种紧张神态。他的两只手，那两只奇妙的、细长而灵活的、神经质的手同在赌台上一样，又不由自主地开始变得像或追逐或逃遁的猛兽：我看见他说着说着，两只手就突然从指关节往上剧烈地颤抖，拼命卷曲起来，紧攥拳头，接着手指又突然重新弹开，随后又相互交叉，紧紧抱成一个拳头。他在坦白偷耳环这件事的时候，两只手闪电般地向前伸出（我不禁吓了一跳），飞快地做了一个偷东西的动作：手指十分利索地朝耳饰张开，将东西匆匆一把攥在拳头窝里，这一切我都看得真真切切。我感到一种莫名的震惊，看出这个人身上的每一滴血都中了他自己激情的毒。

"一个年轻、爽朗、生来就无忧无虑的人竟会可悲地屈从于一股迷糊滑稽的热情，他的叙述中令我如此震撼和吃惊的仅仅就是这一点。因此，我认为自己首要的职责就是友好地规劝这位不期而遇的被保护人，劝他必须立刻离开蒙特卡洛，离开这个最危险的诱惑之地，趁现在丢失耳环之事尚未被发现，自己的前程尚未永远断送之前，今天就回家去。我答应给他回家的路费和赎回耳饰的钱，当然有一个条件，只有一个条件，他今天就要走，并且要以他的名誉向我起誓，永远不再碰纸牌，也再不进行其他赌博活动。

"我永远不会忘记,这位落魄的陌生人听着我说,起初情绪何等沮丧,随后心情逐渐开朗,满怀着热烈的感激之情。当我答应帮助他的时候,他像是要把我的话吮进肚里似的。突然,他的两只手从桌面上伸了过来,抓住我的双手,姿势像是在礼拜和神圣地许愿,令我难以忘怀。他明亮的、通常有些许迷惘的眼神里含着泪水、快乐和兴奋,使他全身激动得直打哆嗦。我常常试图向您描绘他独一无二的表现姿态的能力,但是我无法将这种姿态描述出来,因为它表现的是一种极度兴奋的、超越尘世的幸福,我们几乎不可能在一般人的脸上见到。只有当我们从梦中醒来,以为在自己面前见到了已经消失的天使的面庞,这时,唯有天使的那片白影才可与他的姿态相比。

"何必隐瞒呢:我经受不住他的目光,他的感激令我高兴,因为这样的感激我们很难见到,温柔的感情让人感到愉悦和舒适,对我这个沉稳、冷静的人来说,那种洋溢的感情确实是一种惬意的、简直是令人喜悦的新感受。再有,自然景物经过昨夜那场大雨,也随着这个身心憔悴的人一起神奇般地苏醒了。我们从餐馆出来时,平静安谧的大海璀璨地闪闪发光,蔚蓝的海水连接天际,在高空的蓝天上只有海鸥在展翅翱翔,点点白影映衬在天际的蔚蓝之中。里维埃拉的风光您是熟悉的,那里的景色永远是美丽的,但却显得平淡,像风景画一样,映入我们眼帘的是永远浓重的色彩,像一个慵倦的睡美人,她镇定自如地任人浏览欣赏,永远是一副东方式的百依百顺的样子。但有时候——那是极少的——这里也有那么几天,这时美人站起来了,露出了尊容,她色彩鲜艳,熠熠闪光;这几天她使劲向人高声呼唤,并怀着胜利的心情把五彩缤纷的鲜花抛向人们;这几天她热情炽烈,欲火如焚。在经历了那个风雨交加的黑夜和惊涛骇浪的混沌之后,那天也正是这么一个令人振奋的日子,街道被冲洗得干干净净,天空湛蓝高远,树木经雨苍翠欲滴,丛丛灌木到处鲜花怒放,宛如万绿丛中点燃的簇簇火把。空气清凉,阳光灿烂,群山显得清新明亮,好似突然向前走来了,纷纷好奇地挨近这座闪光发亮的小城。放眼四望,突出地感到大自然的挑战和激励,我觉得自己的心也不由自主地被大自然夺去了。于是我就说:'我们雇辆马车,到海边去兜兜风吧。'

"他兴奋地点点头,这个年轻人好像到这儿以后还是第一次观赏自然风光。在此之前,他只知道那潮湿而带霉味的赌厅,那散发着一股恶浊的汗酸气,拥挤着丑恶而扭曲的人群;他知道的再就是乖戾、灰暗、喧嚣的大海。现在,洒满阳光的海滩像一把打开的巨扇展现在我们面前,遥望远处,顿觉赏心悦目。我们坐在缓缓行驶的马车上(那时还没有汽车),欣赏沿途绮丽的风光,经过许多别墅,碰到不少人的目光。每次驶过一幢房子,经过一座掩映在意大利五针松的绿荫下的别墅,我会千百次在心里浮现一个秘密的愿望:但愿能生活在这儿,宁静、平和、远离尘嚣!

"我一生中曾经有过比那个时刻更幸福的时刻吗?我不知

道。在马车里，这个年轻人坐在我身边，昨天他还处在死亡和厄运的魔爪里，奇怪的是，现在倾泻下来的金色阳光洒满了他的全身，似乎好些岁月从他身上消失了。他好像完全成了一个孩子，成了一个漂亮的、在玩耍的孩子，有一双纵情的、同时又心怀敬畏的眼睛。他身上最使我着迷的要数他那灵活敏感、善解人意的柔情了：车子爬的坡太陡，马很吃力，他便敏捷地跳下去，在一侧帮着推车。我提到一种花，或指了指路边的某种花，他就急忙跑去摘了来。见到一只被昨夜的雨引诱出来的小蟾蜍在路上艰辛地爬着，他就去将它捧起来，小心地送到青草丛中，以免他身后驶来的马车将它辗碎。这期间他还兴致勃勃地讲了一些令人捧腹大笑而又很雅致的奇闻轶事。我相信，这笑声是对他的一种拯救，因为他突然感情充溢、欣喜若狂、如痴如醉，要是不大笑一阵，他必定会唱歌，蹦跳或干出什么傻事来的。

"后来，我们的马车爬上一个高坡，缓缓驶过一个很小的村子。经过村子的时候，他突然很有礼貌地摘下帽子。我感到有点惊讶：这位外国人当中的外国人，在这里他在向谁致敬呢？得知我的疑问，他的脸微微有点红，几乎像道歉似的向我解释说，我们刚才经过一座教堂，同在所有教规严格的天主教国家一样，在波兰从小就培养他们，见到任何教堂和圣殿都要行脱帽礼。他对宗教的这种美好的崇敬态度令我深为感动，同时我也想起了他说到过的那个小十字架，所以就问他是否信教。他略显羞赧地说，他信教，并希望得到上帝的宽宥。听了他的话，我突然心生一念：'停车！'我朝马车夫喊到，并且急忙下了车。他跟着我，感到很诧异：'我们到哪儿去？'我只是回答：'您一起来。'

"他陪我走回教堂。这是一个砖砌的乡村小圣堂。内墙四壁刷着石灰，颜色发灰，墙上是空的，圣堂的大门开着，一束黄色的光锥射进昏暗的圣堂，四周的暗影凸现出蓝色的祭台。圣堂里香烟缭绕，祭台上点着两支蜡烛，朦胧中烛光闪动，犹如两只蒙着面纱的眼睛。我们走进圣堂，他脱下帽子，把手伸进涤罪缸的水里去浸了浸，拿出来划了个十字，随后便屈膝跪下。他一站起身，我就将他抓住。'您过去，'我催促他说，'到祭坛前或者到您所敬仰的神像前去，在那里起个誓，誓言我马上就说给您听。'他诧异地、几乎是吃惊地望着我。但他很快就明白了我的意思，就走到神龛前，划了十字，顺从地跪了下去。'您跟着我说，'我说，自己都激动得颤抖了，'您跟着我说：我起誓'——'我起誓，'他重复着说，我继续说下去：'我永远不再参加任何形式的赌博，永远不再把自己的生命和名誉断送在这种嗜好之中。'

"他颤抖着重复了这些话，清晰而响亮的声音回响在空空荡荡的圣堂里。接着便是片刻的寂静，静得连外面微风吹过、树叶发出的簌簌声都能听见。突然，他像个忏悔者似的扑倒在地，以一种我从未听到过的狂热声音说了一番我听不懂的波兰话，他的话说得极快，快得连前后的字句都混在一起了。这一定是狂热的祷告，是感激和悔恨的祷告，因为他忏悔时感情非常激昂，一再谦恭地低下头，低得都触到圣案了，他越来越狂热地重复着那外国话语，越来越激越地重复着同样的、以无法形容的热情说出来的话。在这以前和以后，我从未在世界上任何一座教堂里听见过这样的祷告。他的双手紧紧抓住木质的祷告桌，显得有点局促，他内心的风暴刮得他全身不住地晃动，使他时而抬起头来，时而又伏倒在地。他什么也看不见，感觉不到，他好似在另一个世界，在炼狱里转化，或者在朝神圣的境域飞升。最后，他慢慢站立起来，划了十字，吃力地转过身来。他的两膝还在发抖，面容苍白，像虚脱一样。可是，他一见到我，两眼便炯炯有神，一丝纯真的、真正虔诚的微笑使他阴郁的脸庞也开朗了。他走过来，深深地鞠了一个俄国式的躬，抓着我的两只手，十分崇敬地用嘴唇贴了贴：'是上帝派您到我这里来的。为此，我已经谢过上帝了。'我不知道说什么好。我真希望，这时圣堂里的矮椅子上空会突然响起管风琴奏出的音乐，因为我觉得，我一切都成功了，我已经永远挽救了这个人。

"我们从教堂出来，回到五月灿烂的阳光下，我觉得世界从来都没有这般美丽过。我们的马车继续沿着丘陵起伏的路缓缓驶了两个小时，我们坐在车里俯览全景，尽情观赏绮丽的风光，每转一个弯都别有洞天，另一番景色。然而，我们不再交谈了。在付出了那么多感情之后，现在大家似乎想减少每一句话。每当我与他的目光偶然相遇时，我总不得不难为情地避开他的目光：看到我自己的奇迹，对我的心灵震撼太大。

"下午五点左右,我们回到了蒙特卡洛。我同亲戚有个约会,现在要取消已是不可能了,我还得去赴约。本来,我心里很想歇一会儿,舒释一下绷得太紧的感情,因为幸福来得太多了。我觉得,这种过分狂热的状态,这种心醉神迷的状态,类似的情况我一生中还从未经历过,我必须得歇一会儿。所以,我就请这位被我保护的人跟我到我的旅馆去一趟,只要一会儿就行。到了旅馆,我就在我的房间里把路费以及赎耳环的钱交给他。我们商定,我去赴约,他去买车票,晚上七点钟我们在车站大厅里会面,就是说在开车前半小时,随后火车将把他经由日内瓦送回家。当我把五张钞票送给他时,他的嘴唇突然奇怪地发白了:'不……不要钱……我请您别给我钱!'他的手指神经质地哆嗦着,慌慌张张地缩了回去,从牙缝里挤出这两句话来。'不要钱……不要钱……不能见到钱。'他又重复了一次,显出极其厌恶和恐惧的神情。见他这副羞愧的样子,我就安慰他说,这些钱就算是借的吧,要是他觉得拿了钱心里过意不去,他可以写张借条给我。'好的……好的……写张借条。'他把目光移开,口中喃喃自语,并将钞票折叠在一起,看都不看一眼就塞进了口袋,仿佛那是什么粘粘糊糊的东西,会弄脏他的手似的,随后就在一张纸上潦潦草草地写了几句话。他写好借条,抬起头来,额头上大汗淋漓,仿佛体内有什么东西在冲上来扼住他的脖子似的。他把那张借条往我手里一塞,全身一阵哆嗦,突然——吓得我不由自主地往后退了一步——他跪了下去,捧起我的裙子,连连吻着裙上的镶边,那样子真是难以描述。我受到强烈的震撼，全身不住地颤栗起来。这时我心里升起一阵奇怪的惊恐，心乱如麻，只能结结巴巴地说：'您这么感激，我倒要谢谢你。不过，请您现在就走吧！晚上七点我们在车站大厅里再告别。'

"他望着我，感动得眼里噙着晶莹的泪水。有一瞬间我以为他要说些什么，又有一瞬间他仿佛要靠近我。然而，随后他却突然再次深深地、深深地鞠了一躬，便离开了我的房间。"

C夫人又中断了叙述。她站起来，走到窗前，眼望窗外，纹丝不动地站了很久。从她剪影似的、轮廓清晰的背上我看到些微微的颤栗和晃动。突然，她果断地转过身来，一直静静的、没有什么表示的两只手突然做了个剧烈的切割动作，像是要把什么东西撕碎似的。接着，她坚定地、几乎是勇敢地望着我，突然又开始了她的叙述：

"我曾向您许诺，保证做到绝对坦诚。现在我看出，这个诺言是多么必要。因为只有现在，我逼着自己第一次按照事情的前后联系来描述那一时刻的全部经过，并且找出明晰的词句来表述那时那种错综复杂、凌乱不堪的感情。只有现在我才清楚地认识到许多我当时不知道、或者是当时我不想知道的事。因此，我要坚定、果断地向自己，也是向您吐露真情：当时，在那个年轻人离开房间、只剩下我只身一人的第一秒钟里，我感到心上受到了猛烈的撞击，好似突然晕厥过去一般。有什么东西使我痛不欲生，可是我不知道，或者说我不想知道：受我保护的人他那毕恭毕敬的态度本来是感人至深的,何以对我的伤害会那么深,令我痛苦万分。

"可是现在,因为我逼着自己坚定地、有条有理地把过去的一切当作别人的事一样统统从我心里掏出来,也因为您这位见证人不容许我有丝毫隐瞒,不容许令人羞愧的感情有藏身之处,所以我这才明白,当时我之所以会如此痛苦,其实是因为失望……使我感到失望的……是这位年轻人竟如此顺从地走了……并没有想抓住我,留在我身边……他竟恭顺而敬重地服从了我要他坐车回家的初愿,而没有……没有企图把我拉到他身边……我感到失望的是,他只是把我敬为出现在他生活道路上的圣女……而没有……没有感觉到我是个女人。

"这就是我当时的失望……是我不肯承认的失望,当时不承认,后来也不承认,然而,一个女人的感觉是无所不知的,不需要语言和意识。因为……现在我不再继续欺骗自己了——如果这个人当时把我搂着,当时要求我,我定会跟他走到海角天涯,定会玷污我和孩子的姓氏……我定会不顾人们的非议和自己内心的理智,跟他远走高飞,就像那位亨丽埃特夫人跟着一位她一天前还不认识的法国青年一起私奔一样……我一定不会问,到哪儿去,去多久,对于自己以前的生活我也不会回头去看一眼……为了这个人,我一定会把我的钱、我的姓氏、我的财产、我的名誉全都牺牲掉……我一定会去乞讨,或许世界上任何低下的地方他都会把我领了去。我定会将人们称之为羞耻和顾虑的一切统统抛弃,他只要说一句话,朝我走近一步,他只要试图抓着我,那么,在这一秒钟里我整个儿就是他的了。可是……我向您说过……此人举止异常,他望着我,不再用看女人的目光来看我了……我对他的热情燃得多么炽烈,多么渴望委身于他啊!可是,只是在我只身一人时,只是在那股被他开朗的、简直是天使般的脸掀得高高的激情在我心里退落下来,并在空虚寂寞的胸中不住起伏的时候,我才感觉到这一点。我费劲地振作起精神,那个约会成了我的负担,令我倍觉反感。我觉得,我头上仿佛扣了一顶又重又紧的钢盔,压得我直摇晃。当我终于走到另一家旅馆我亲戚那儿时,我的思绪凌乱不堪,就像我的脚步一样。在亲戚那里我沉闷地坐着,别人都在进行热烈的谈话,我却心里不断地在担惊受怕,我偶尔抬起眼睛,注视他们毫无表情的脸,比起那张像天上的云层忽亮忽暗、变幻莫测、生动无比的脸来,我觉得这些人的脸就像戴了面具或冻僵了似的。我仿佛坐在死人当中,这次聚会竟是如此恐怖,毫无生气,我一边往咖啡杯里放糖,一边心不在焉地同别人应酬,而那张脸却像被我熊熊灼烧的热血推涌了上来,时时浮现在我心头。观看这张脸就成了我最大的快乐。想想实在可怕,一两个小时之后就是我最后一次见到他了。我不由得轻轻叹息,或许还发出了呻吟声,因为我丈夫的表姐突然弯下腰来问我,怎么样,是不是不太舒服,说我的脸色苍白,呼吸局促。她这一问倒使我立刻毫不费劲地找到了一个借口。我说,折磨我的实际上是偏头痛,所以请她允许我悄悄地先行离开。

"我这样一脱身，就刻不容缓地奔回我住的旅馆。一进屋子只有自己独自一人，空虚、寂寞的感觉就又袭上心头。我心里急不可待，渴望马上见到那位年轻人，今天我就将永远失去他了。我在房间里面踱来踱去，毫无必要地拉起百叶窗，换了衣服和腰带，照着镜子以审视的眼光打量一番。看看自己这身打扮是否会引起他的注意。忽然间，我明白了自己的心愿：只要把他留住，一切都在所不惜！这个心愿在残酷的一秒钟之内变成了决心。我跑到楼下去告诉门房说，我今天要乘夜班车离开这儿。现在时间已经很紧了，我按铃把侍女叫来帮我收拾东西。我们两人一个比一个着急，手忙脚乱地将衣服和小件生活用品装进几只箱子里，我心里则梦想着即将出现的惊喜：我送他上火车，等到最后一刻，到最后的瞬间，当他伸出手来同我握手告别的时候，我就出其不意地登上列车，走到这位惊诧万状的人跟前，同他共度今宵、明夜——只要他要我，我就每夜都同他厮守在一起。我感到一阵狂喜，一阵陶醉，全身血液在翻腾、涌流。有时，我一边往箱子里扔衣服，一边哈哈大笑，有时突如其来的一声大笑，弄得侍女也莫名其妙。这当间，我感觉到我的神志混乱了。挑夫来取箱子时，起初我直愣愣地瞪着他，完全不解其意：内心激动，犹如阵阵波浪翻滚，这个时候就很难客观地来思考了。

"时间紧迫，这时大概快七点了，离开车时间顶多二十分钟。——当然，我安慰自己说，我现在不是去同他告别了，我已决定陪他出去，无论他的旅程多久多远，我都要与他相守，形影不离。仆人先把几只箱子拿了出去,我匆匆到旅馆账房结了账。经理已经把钱找给了我,我正要走,这时有只手温柔地拍了拍我的肩头。我吓了一跳。那是我丈夫的表姐,因为我佯称身体不适,她放心不下,所以特来探望。我觉得眼前一阵发黑。现在这个时候我可不需要她,每一秒钟的延误都意味着厄运降临,意味着我将痛失这次机会,可是我又必须顾及礼貌,至少得站着同她搭会儿话呀。'你得上床躺着,'她催促着我,'你一定发烧了。'这话大概倒也不错,因为我两边太阳穴上脉搏跳得很急,像擂鼓似的,有时我还感到眼前蓝影直晃,快要晕倒。但是我支撑着,竭力做出一副感激的样子,其实每一句话都使我心急如焚,真想干脆一脚将她那不合时宜的关切踢到一边去。然而,这位不受欢迎的、担心我的人却待着不走,她待着,待着,并拿出科隆香水给我,而且非让我自己将这清凉的液体抹在太阳穴上。这当间我却一分钟一分钟地数着,同时还想着他,并琢磨着能找个什么借口来摆脱这种折磨人的关切。我越是焦急不安,她对我就越是怀疑。后来,她几乎想强行把我弄到房间里去,让我躺下。她还在一个劲儿地劝我,这时我突然朝大厅中央的钟看了一眼:差两分七点半,而七点三十五分火车就开了。绝望中我对什么都不在乎了,粗暴地径直将我丈夫的表姐的手狠狠一甩,动作之快,宛如子弹出膛:'再见,我得走了!'说罢,根本不去顾及她惊得发呆的目光,也不四下看看落下什么东西没有,便从那些诧异得目瞪口呆的旅馆侍役身边冲出大门,来到街上,径直朝车站奔去。挑夫在车站上守着行李等我，我老远就从他激动的手势上得知，时间一定万分紧迫了。我盲目地拼命冲到横杆那儿，结果被检票员拦住了：我忘了买票。于是我便软硬兼施，几乎说动了检票员，破例让我到站台上去，可是就在这时，火车开动了。我浑身发抖，目不转睛地望着徐徐开动的列车，希望至少能从某个车厢的窗口一瞥他的容貌，见到他的挥手，他的致意。但是火车加快了速度，我再也无法认出他的面容了。一节节车厢呼啸而过，一分钟以后，在我模糊的眼前留下的只有一片冉冉升腾的浓烟。

"我站在那儿似泥塑木雕一般，天知道究竟站了多久，因为挑夫大概叫了我几次我都未回过神来，他这才大着胆子碰了碰我的胳膊。我吓了一跳。他问，要不要把行李重新搬回旅馆。我考虑了一两分钟，不，这不可能，我走得那么仓促，那么可笑，我不能再回去，也不愿回去，永远不回去。这时我形单影只，心烦意乱，就叫他把行李搬到寄存处去。稍后，车站大厅里旅客熙来攘往，人声鼎沸，在阵阵喧嚣声中，我才设法进行思考，清晰地思考，想甩掉那些令人灰心丧气、痛苦不堪的纠葛，把自己从愤怒、悔恨和绝望中解救出来。因为——为什么不承认呢？——由于自己的过错，失去了与他最后会面的机会，这个想法像把烧红的尖刀无情地在我心里乱搅，那燃烧的刀刃越来越无情地往我心灵深处捅，痛得我真想大声叫唤。只有完全没有遭遇过激情的人，在其一生中出现的唯一瞬间，他们的激情也许才会像雪崩似的、像狂飙骤起似的突然爆发出来，于是闲置多年未用的生命力就像碎石倾泻，一起坠落在自己胸中。在这一秒钟里我已作了最最鲁莽的准备，将自己长期积聚起来、紧紧裹在一起的整个生命猛的一下抛出去，却突然发现面前有一堵毫无意义的墙，我的激情一头撞了上去，撞得晕晕乎乎，蒙头转向。像在这一秒钟里所碰到的那种意想不到、令人愤怒而又无能为力的事，我在此前从未经历过，以后也未曾经历过。

"我下一步所做的尽是些毫无意义的事，除此之外还能做些什么呢！我做的事很笨，简直愚蠢透顶，讲出来自己都感到羞愧。但是，我曾对自己、对您许下诺言，什么都不隐瞒。——那我就接着说吧。我……我要为自己找回他……就是说，我要为自己找回同他一起度过的每一个瞬间……有股强大的力量把我拉向我们昨天一起到过的每个地方：花园里的那张我把他从上面拉走的椅子、我第一次看到他的那个赌厅、甚至那个下等旅馆。这样做的目的，仅仅是为了再一次、再一次重温往事。第二天我还打算坐马车沿滨海再循旧路，在心里再次重温每一句话、每一个姿态和表情——这种做法多没有意义，多幼稚，我真是糊涂透顶了。可是，请您想一想，那些事来得快如闪电，一下都落到了我身上，一下就把我击晕了，岂容我作别的考虑。现在从心醉神迷的状态中猛的醒来，借助于我们称之为记忆的那种神奇的自我欺骗，我要将这些正在流逝的经历一一重新追忆，再来品味一次——当然，这些事，有的别人理解，有的别人不理解，要完全理解，恐怕需要有一颗火热的心。

"这样,我便先到赌厅,去寻找他坐过的那张赌台,并在那里的许多双手里设想他的那双手。我走了进去,我还记得,我最先看见他的时候,他坐在第二间屋子左边的那张赌台上。他的每个动作姿态还清晰地浮现在我眼前,我就是闭上眼睛,伸出双手,梦游似的都可以把他的座位找到。于是我就走了进去,立即横穿屋子。这时……我在门口朝熙熙攘攘的人群一望……我眼前出现了一件奇怪的事……他正好坐在我梦见他的那个位置,他在那儿坐着——这准是狂热引起的幻觉!……真是他……他……他……正是我刚才幻觉中见到的他……同昨天一模一样,两眼直愣愣地盯着转盘里的锥形球,脸色苍白,犹如幽灵……但是,那是他……是他……绝对不会错,那是他……

"这下吓得我非同小可,我差点儿叫喊起来。但是我控制住对这荒唐的幻象的惊吓,并且闭上眼睛。'你神经错乱了……你是在做梦……你发烧了,'我对自己说,'这不可能,你眼里出现了幻影……半小时前他就从这里坐火车走了。'后来我重新睁开眼睛。啊,可怕极了:他坐在那里,同方才一模一样,有血有肉,绝对不会错……在千百万双手当中我也能认出他的手来……不,我不是在做梦,那人确确实实是他。他没有走,没有如他向我起誓保证的那样,这神经错乱的人坐在那里,他有了钱,这钱是我给他回家的路费,他把它拿到这张绿色赌台上,又忘情地沉醉在他的癖好中,大赌起来,而我呢,却绝望地为他把心都掏了出来。

"我猛的冲上前去,泪水模糊,眼里燃烧着愤怒的烈火,这背弃誓言之徒,竟这么无耻地欺骗我的信任、我的感情、我的委身,我真想掐住他的脖子。然而,我还是控制住了自己。我故意慢慢(我费了多大力气啊)走到赌台的另一边,正好面对他,一位先生很有礼貌地给我腾出个位置。我们两人中间隔着一张两米宽的绿色赌台,我可以像在楼座上看戏一样盯着他的脸。两小时前这张脸上还容光焕发,充满感激之情,闪烁着上帝宽宥的灵光,现在他的激情正在经受炼狱之火的煎熬,这张脸又抽搐得扭曲了。他的这双手,今天下午他在立下神圣誓言的时候还紧紧抓住教堂椅子的这双手,同是这双手,现在手指微曲,在钱堆里扒来扒去,犹如两个嗜血的魑魅。他赢了,他准赢了很多钱,很多很多钱:他面前随意拢了一堆筹码、金币和钞票,亮闪闪的,但横七竖八,零乱不堪,他颤栗着、神经质的手指乐滋滋地伸进钱堆里随便把玩。我见他将纸币一张张抚得平平整整,叠在一起,那些金币他则转动着,抚摩着,后来他突然一下子抓起一大把,抛在一个方格当中。他的鼻翼又立即开始快速翕动,掌盘人的叫喊声将使他将眼睛,那炯炯有神的贪婪的眼睛从钱堆上移开,注视着蹦跳的圆球,他的身体仿佛自动地要往前冲,而两只胳膊肘却好似用钉子钉在了绿色台面上。他那迷狂的样子表现得比昨天晚上还可怕,还恐怖,他的每个动作都在毁掉我心中那另一个凸现在金色背景上闪闪发光的形象,那是我由于轻信而将它珍藏在自己心里的。

"我们两人相距两米,呼吸着。我目不转睛地盯着他,他却没有发现我。他没有朝我看，他任何人都不看，他的目光只盯着钱，随着往后倒滚的球不安地颤动着：他的全部感官都禁锢在这个疯狂的绿色圆盘中了，并随着滚动的圆球而来回奔跑。在这个赌徒眼里整个世界、整个人类都融化在这张蒙着绿呢的四角台面上了。我知道，即使我在这儿站上几个小时，他也不会感觉到我的存在。

"可是，我无法继续忍受下去了。我突然横下一条心，绕过赌台走到他背后，用手紧紧抓住他的肩膀。他晕晕乎乎地抬起头来望着我——他瞪着呆滞的眼珠陌生地盯着我，看了一秒钟，像一个被人从沉睡中摇醒的醉汉，他灰暗的目光透着朦胧的睡意，开始从弥漫的烟雾中亮起来。后来，他似乎认出了我，抖抖索索地张着嘴，喜出望外地抬头望着我，结结巴巴地轻声说了一番知心话，令人丈二和尚摸不着头脑：'很好……我一进来，见他在这里，便立即知道运气来了……'我不懂他的话。我只看出，他已经赌得如痴如醉了，这个神经错乱的家伙已经把一切都忘了，把他的誓言，他约好的事情，把我、把世界统统都忘掉了。然而，即便是在这种如痴如癫的状态中，他那极度兴奋的神情仍然令我如此着迷，使我不由自主地信了他的话，并且吃惊地问究竟谁在这里。

"'那儿，就是那个俄国独臂老将军，'为了不让别人偷听到这个神奇的秘密，他紧贴着我，悄声对我说，'那儿，蓄着连鬓白胡须的那个，背后有个侍从。他总是赢家，昨天我就注意他了，他准有一套决窍，现在我一直望着他下注……昨天他也一直赢……只不过我犯了个错误,他走了我还在继续赌……这是我的错……昨天他大概赢了两万法郎……今天他也是每盘都赢……现在我每回都跟着他下注……现在……'

"正说着,他突然停了下来,因为掌盘人响亮地喊了句'Faites votre jeu!① 一听到叫喊声,他的目光便一路巡视过去,最后落在白胡子俄国人的位置上,贪婪地巡视着。这位俄国将军从容不迫地坐在那儿,神气十足,他先是不慌不忙地拿出一枚金币,稍作犹豫,随即又摸出第二枚,一齐押在第四格上。我面前那双容易激动的手便立即伸进钱堆里,抓起一把金币,扔在同一个位置上。一分钟后,掌盘人发出一声'空门!'的喊声,接着将范竿一拐,便把桌上的钱全都收了去。他的眼睛盯住被横扫而去的金钱,好似观看一件稀奇古怪的事一般。您一定以为这下他会朝我转过身来了吧。没有,他没有转过身来,他把我完全忘了,我已经沉没了,完了,从他生活中消失了,他绷得紧紧的全部感官都集中在俄国将军身上,而那位将军却满不在乎,手里又拿了两枚金币掂了掂,一时举棋不定,不知押在哪个数字上好。

"我无法向您描述我当时的愤怒和绝望。但是,请您想想我的心情:我把自己整个一生都抛给了这个人,到头来在他眼里我却连一只苍蝇都不如,对于苍蝇还得用手去随便驱赶一下呢。愤怒的狂涛再次涌上我的心头。我使劲一把抓住他的胳

---

① 法语:"诸位请下注!"

膊，令他大吃一惊。

"'您必须马上站起来！'我轻声对他说，但语气是命令式的，'想想您今天在教堂里立下的誓言，您这背弃誓言的人，真可悲！'

"他愣愣地望着我，神情慌张，脸色惨白。他的眼里突然现出惊恐和颓丧的表情，活像一条挨了打的狗露出的那副样子，他的嘴颤栗着，似乎一下想起了先前的一切，似乎对自己感到害怕了。

"'好……好……'他结结巴巴地说，'噢，我的上帝，我的上帝……好……我就来……请您原谅……'

"说着，他的手便开始把钱归拾起来，起先动作很快，而且显得精神振奋，态度坚决，可是随后就慢慢变得越来越迟钝，像是被一股反作用力给冲了回来。他的目光又重新落在那位正在下注的俄国将军身上。

"'再等会儿……'他迅速将五枚金币扔在俄国将军下了注的格子里。'……就再赌这一盘……我向您起誓，我马就来……就再赌这一盘……就再……'

"他的声音消失了。圆球已经开始滚动，并且也将他拽着一起滚动。这着了魔的人，他的心已经从我身边，也从他自己身边滑出去了，连同陀螺一起摔进光滑的凹格里，里面的小球还在不住地滚跳。掌盘人又在吆喝了，笆子又扒走了他的五枚金币，他输了。但是，他并没有转过身来。他把我忘了，把誓言以及一分钟前对我说的话统统都忘了。他的手又哆嗦着去抓那堆渐渐变少的钱,他迷醉的目光不安地颤动着,专门盯住他意愿中的那块磁石,对面那位会给他带来好运的人。

"我再也无法忍耐了。我再次摇了摇他,这次摇得很重。'您现在立即站起来!立刻!……您说过,就赌这一盘的……'

"可是,这时意想不到的事发生了。他突然转过身来瞪着我,脸上已经不再是恭顺和迷惘的表情,而是一脸雷霆大作的神色,愤怒使得他眼睛冒火,嘴唇发抖。'别缠着我!'他大声向我叱责,'给我滚开!您给我带来了晦气。只要您在这儿,我就老输。昨天您就让我倒了霉,今天您又来了。快给我滚开!'

"刹那间我僵住了。见他这么疯狂,我的愤怒也像一匹脱缰的野马。

"'我给您带来了晦气?'我大声谴责他,'您这个骗子,您这个小偷,您曾对我发誓……'我说不下去了,因为这中了邪的人从座位上跳起来,毫不在乎周围喧嚷的人群,把我直往后推。'让我安静点,'他无所顾忌地大声喊道,'我又不受您的监护……拿去……拿去……把您的钱拿去,'说着,他便扔给我几张一百法郎的钞票,'现在您总可以让我安静了吧!'

"他非常大声地嚷着、喊着,完全像中了邪一般,对上百个围观者熟视无睹。所有的人都瞪大眼睛,叽叽喳喳,指指点点,放声大笑,就连隔壁大厅里也挤过许多人来看热闹。我觉得,我仿佛被人剥下了身上的衣服,赤身裸体地站在这帮看热闹的人面前……'Silence, Madame, s'il vous plaît!'① 掌盘人盛气凌人地大声喊道，并用筢竿敲着赌台。这可怜的家伙，他这句话是冲着我说的。受到这般侮辱，我羞得无地自容，站在这帮叽叽喳喳、交头接耳看热闹的人面前，好似一个妓女，一个别人扔钱给她的妓女。两三百只厚颜无耻的眼睛一齐盯着我的脸，这时……侮辱的污水泼得我羞愧难当，我深深埋下头，把目光躲开，转向一侧，这时正巧遇到两只眼睛，一双惊骇万状地瞪着我的眼睛，真像两把锋利的尖刀——那是我丈夫的表姐，她望着我，惊得张口结舌，呆若木鸡，还举着一只手。

"我好似挨了当头一棒，吓得魂飞魄散，还没等她动弹，没等她从惊吓中恢复过来，我便立即冲出大厅，一口气跑到那张长椅跟前，就是昨天那个着了魔的人倒在上面的那张长椅。我也同样精疲力竭，身心交瘁地倒在这张无情的硬木椅上。

"这已是二十四年前的事了，可是，每当我回想起那一瞬间，被他嘲讽得低下头来，站在千百个陌生人面前的那一瞬间，我血管里的血就会变得冰凉。我又惊诧地感觉到，我们一直自鸣得意地称之为灵魂、精神、感情的东西，称之为痛苦的东西，其实又是多么地虚弱、可怜、没有骨气，因为这些东西即使再多，也不能把受痛苦煎熬的肉体和被压坏的身躯完全毁灭——因为人会经受住那样的时刻，血脉还会照样搏动，而不会像遭了雷击的大树那样死掉或者翻倒在地。这样的痛苦仅仅

---

① 法语："夫人，请安静！"

是突然一下，只有一瞬间，好像扯断了我的关节一样，使我倒在了长椅上，上气不接下气，脑袋迟钝麻木，简直领略到必定要死亡的快乐预感。然而，我刚才说过，一切痛苦都是懦弱的，而生的欲望却异乎寻常地强烈，在它面前，痛苦自会消退，而生之欲望似乎是植根于我们肉体之中的，它比我们精神上的一切死亡激情更为强大。在感情上经历过那样的打击之后，我竟重新站了起来，这一点我自己也无法解释。当然，站起来之后该做些什么，对此我并不知道。我突然想到，我的几只箱子还寄存在车站。刚一想到，心里便有种东西在催促我：走，走，走，离开这儿，离开这座该诅咒的地狱。我对谁都未加留意，便径直奔到车站，询问去巴黎的下班火车几点开，售票员告诉我是晚上十点开，于是我便立即将行李托运。十点——自那次可怕的邂逅以来正好过了二十四小时，这二十四小时里充满了种种荒谬感情的骤变，以致我的内心世界永远破碎了。可是眼前，在心里持续不变的怦怦锤击的节奏中我只感觉到一个字：走！走！走！我头上的脉搏噗噗直跳，好似楔子不停地打进我的太阳穴里：走！走！走！离开这座城市，离开我自己，回家去，回到亲人身边去，回到我先前的、我自己的生活中去！我连夜乘火车到巴黎，从巴黎又几经转车才到了布隆，从布隆再到多佛，从多佛到伦敦，从伦敦到我儿子那里——这趟狂奔疾飞似的旅程整整经过了四十八小时。一路上我不思、不想、不睡、不说、不吃。在这四十八小时中所有的车轮都咔哒咔哒地只奏着一个字：走！走！走！走！最后，我走进我儿子的乡村别墅时,大家都感到意外,人人都大吃一惊:我的神态和目光里一定有点儿什么泄露了我的隐秘。我儿子要来拥抱我,吻我。我赶紧把头往后一别:他要接触我的嘴唇,而我的嘴唇已被玷污,想到这点我就无法忍受。我拒绝回答任何问题,只想洗个澡,从自己身上洗掉旅途的尘土和其他一切污秽,因为我身上似乎还粘着那个着了魔的人、那个毫无尊严的人的激情。随后我拖着脚步上楼,进了自己的房间,睡了十二小时或十四小时,直睡得昏昏沉沉,不知白天黑夜,在此之前和此后我都未曾睡过这样的觉。后来我才体会到,这一觉睡得真像是躺在棺材里死了一样。我的亲人像照看病人似的照看我,但是他们的温存体贴只使我感到痛苦,他们对我的爱护和尊敬使我觉得内心有愧。我得时时留意,生怕自己突然大声吐露出真情:由于一次疯狂而荒唐的激情,我曾背叛过、忘掉过、抛弃过他们。

"后来,我又毫无目的地来到一座法国小城,谁也不认识,因为有个妄念我怎么也摆脱不了,总觉得人人第一眼就会从外表上看出我的耻辱,我的变化。我深深感到自己已经露出了马脚,觉得自己直到灵魂深处都很肮脏。有时我早晨在床上醒来,感到非常害怕,眼睛都不敢睁开。我又想到那天夜里,我醒来时突然发现自己身边躺着个半裸的陌生人,我像当时一样只有一个愿望:立即去死。

"但是,毕竟时间拥有最深远的威力,而年龄则具有一种能使各种感情贬值的特殊力量。人老了,就会感到死期渐渐临近,死神的黑影已经罩在了生命的旅途上,这时一切东西都显得不那么耀眼了,不再会强烈地影响一个人的内心感受了,而且还减少了许多危险的力量。我渐渐摆脱了那次打击的阴影。多年以后,我在一次社交场合遇到奥地利公使馆的专员,一个年轻的波兰人。我问起那个家庭的情况,他告诉我,他表兄就是这个家族的,他表兄的一个儿子十年前在蒙特卡洛开枪自杀了——听到这个消息我都没有颤栗一下。我已不再感到痛苦,也许——何必否认人的自私心理呢——甚至还暗自欣喜呢,因为我以前一直担心说不定什么时候会碰见他,现在这个最后的恐惧也消失了。现在除了我自己的回忆,再也没有会对我构成威胁的见证人了。从此我心里就平静多了。人一老就不再害怕过去,除此一端便别无他长了。

"现在您大概已经了解了,我怎么突然会同您谈我自己的遭遇,您为亨丽埃特夫人辩护时热情地说过,二十四小时完全可以决定一个女人的命运。我觉得这也是我自己的看法。我非常感激您,因为我的观点似乎第一次得到了确认。那时我就思忖:把心里的话统统说出来,这也许可以解除压在我心上的惩罚,以及回顾往事时所感到的惊吓。这样一来,也许我明天就可以去蒙特卡洛,走进那个使我遭遇这番命运的赌厅,既不恨他,也不恨自己。这样,我心上的巨石就落下去了,以它千钧之力沉沉地将过去压在底下,并且使它不再复苏。我能把这一切都讲给您听,于我很有好处:我现在心情轻松,几乎感到很快乐……为此我要感谢您。"

说到这里她突然站了起来，我感觉到，她已经讲完了。我有点发窘，想找句话来说。但是，她一定觉察到了我内心的感动，所以马上就加以阻拦：

"不，请您不要说……我不要您回答我或是对我说什么……感谢您听我讲了自己的遭遇，祝您旅途愉快。"

她站在我对面，伸出手来同我握手告别。我不由自主地抬头望着她的脸，站在我面前的这位慈祥而又略有羞赧的老太太，她的脸色令我感到非常惊异。不知是往日激情的反照，还是由于心慌意乱，这时她脸上突然泛起一层红晕，将她从脸颊到白发根都染成一片丹霞。她站在那里，活脱脱像个少女，对往事的回忆使她像新娘似的有点不知所措，而对自己的坦率陈述又感到有点羞涩。我不由得深受感动，很想用一句话来表示对她的崇敬。可是，我感到喉头太紧，说不出话来。于是我便弯下腰，满怀敬意地吻了她枯萎的、像秋叶般微微颤抖的手。